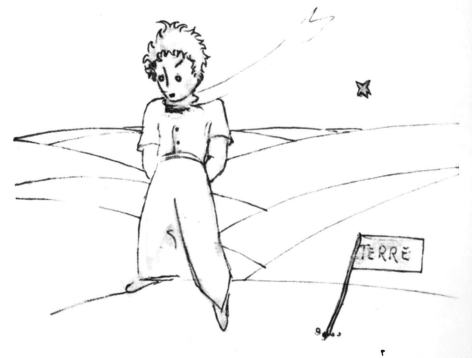

저자의 다른 작품

야간비행

바람과 모래와 별

전시조종사

레옹 베르트에게

내가 이 책을 어떤 어른에게 바치는 것을 어린이들이 부디 용서해주기를 바란다. 거기에는 그럴만한 이유가 있다. 그 어른은 세상에서 나와 가장 친한 친구이다. 그리고 다른 이유도 있다. 그 어른은 무엇이든지 이해할 수 있어서 어린이를 위한 책도 곧잘 이해한다. 세 번째 이유를 들자면 그 어른은 지금 프랑스에서 춥고 배고프게 살고 있다. 그 어른을 위로해줘야 한다. 이렇게 사과해도 부족하다면 이 책을 어린 시절의 그 어른에게 바치고자 한다. 어른도 한때는 다 어린이였으니까(그 사실을 기억하는 어른은 거의 없지만). 그래서 이 헌사의 제목을 이렇게 고쳐 쓴다.

어린 시절의
레옹 베르트에게

어린 왕자는 이동하는 철새를 타고 여행을 떠난 것 같다.

앙 뚜 안 드 쌩 떽 쥐 뻬 리

어린 왕자

　내 나이 여섯 살 적에 원시림에 관한 '야생 체험'이라는 책에서 굉장한 그림 하나를 본 적이 있다. 보아뱀이 어떤 동물을 집어삼키려고 하는 장면이었다. 그걸 여기에 베껴 그려본다.

　책에는 이렇게 쓰여 있었다. "보아뱀은 먹이를 씹지 않고 통째로 삼킨다. 그러고 나면 꼼짝도 할 수가 없는데, 먹이가 소화되는 여섯 달 내내 잠을 잔다."

　나는 밀림에서 펼쳐지는 모험에 대해 곰곰이 생각했다. 그리고 한참 동안 색연필을 끼적거린 끝에 생애 첫 번째 그림을 그리는 데 성공했다. 내 그림 제1호는 이렇게 생겼다.

　어른들에게 내 걸작을 보여주고 무섭지 않느냐고 물어보았다.
하지만 어른들은 "모자가 왜 무섭다는 거니?" 하고 대답했다.

하지만 그건 모자가 아니다. 코끼리를 소화시키고 있는 보아뱀이다. 그래서 어른들이 확실히 알아볼 수 있도록 보아뱀 배 속을 그려주었다. 어른들은 일일이 설명을 해줘야 한다. 내 그림 제2호는 이렇게 생겼다.

어른들은 보아뱀이나 보아뱀 배 속 그림 같은 건 집어치우고 그 대신 지리나 역사, 산수나 문법에 열중하라고 충고했다. 그래서 내 나이 여섯 살 적에 화가라는 멋진 직업을 포기해버렸다. 그림 제1호와 제2호가 실패한 것에 나는 적잖이 실망했던 것이다. 어른들은 혼자서는 아무것도 이해하지를 못한다. 그리고 매번 어른들에게 설명을 해주는 것도 아이들에겐 지긋지긋한 노릇이다.

그래서 난 다른 직업을 택했고, 비행기 조종하는 법을 배웠다. 온 세상을 구석구석까지 날아다녔다. 지리, 그렇다. 지리가 도움이 된다는 건 맞는 말이다. 힐끗 보기만 해도 중국인지 애리조나인지 난 구별해낼 수 있다. 만약 밤에 길을 잃는다면 그런 지식은 쓸모가 있다.

그렇게 살면서 난 중요한 일을 하는 어른들과 숱한 만남을 가졌고 수많은 어른들 사이에서 살아왔다. 어른들을 가까이서 지켜봤다. 그렇지만 어른들에 대한 나의 생각은 별로 나아지지 않았다.

그러다가 어른들 중에서 머리가 좋을 것 같은 사람을 만나면 항상 품고 다니던 내 그림 제1호를 보여주면서 시험을 해보았다. 정말로 이해를 하는 사람인지 알아보기 위해서. 하지만 남자 여자 할 것 없이 누가 됐든 항상 이렇게 말한다. "모자군요."

그러면 보아뱀이니 원시림이니 별이니 하는 이야기를 나는 절대로 꺼내지 않는다. 그 사람 수준에 맞게 나를 낮춘다. 카드놀이가 이렇고 골프가 저렇고 하는 이야기. 정치가 이러쿵 넥타이가 저러쿵 하는 이야기. 그러면 그 어른은 무척 똑똑한 사람을 만나게 되어 기쁘다고 했다.

2

이야기다운 이야기를 나눌 사람 하나 없이 그렇게 홀로 인생을 살아왔다. 비행기가 사하라 사막 한복판에서 사고를 당하기 전, 그러니까 여섯 해 전까지 말이다. 엔진 고장이었다. 정비사는 고사하고 나 말고는 다른 승객이 없었기 때문에 혼자서라도 그 어려운 엔진 수리를 시도해보기로 했다. 그야말로 죽느냐 사느냐의 문제였다. 간신히 여드레 버틸 물밖에 남아 있지 않았으니까.

첫날밤, 사람 사는 곳에서 수만 리 떨어진 모래밭 위에 나는 잠이 들었다. 난파된 배의 선원이 태평양 한가운데 뗏목을 타고 떠 있대도 나보다 외롭지는 않을 것이다. 그러니 동 틀 무렵 기묘한 목소리에 잠이 깼을 때 내가 얼마나 놀랐을지 한번 상상해보라. 목소리 왈.

"양 한 마리만 그려줘."

"뭐라고?"

"양 한 마리만 그려줘."

나는 벼락 맞은 사람마냥 겅중 뛰쳐 올랐다. 연신 눈을 비비적댔다. 사방을 찬찬히 두리번거렸다. 꽤나 진지한 눈빛으로 나를 바라보고 있는 범상치 않은 분위기의 사내아이 하나가 눈에 들어왔다. 저 그림은 훗날 그 소년을 그린 것 중에서 최고로 잘 된 그림이다. 그러나 내 그림은 실물보다 훨씬 덜 귀엽다.

그건 내 잘못이 아니다. 내 나이 여섯 살 적에 어른들 때문에 화가라는 직업을 포기했고, 겉에서 본 보아뱀과 속이 보이는 보아뱀 말고는 그림을 배운 적이 없다.

아무튼 나는 갑자기 나타난 유령을 보고 깜짝 놀라서 눈알이 돌아가는 줄 알았다. 여러분, 내가 지금 사람 사는 곳에서 수만 리 떨어진 사막 한복판에 추락했다는 사실을 다시 한 번 상기해주기 바란다. 하지만 이 꼬마 친구는 사막에서 길을 잃고 헤매는 것 같지도 않고, 지쳤다든가, 배가 고프다든가, 목이 마르다든가, 공포에 질렸다든가 한 것도 아니었다. 암만 봐도 사람 사는 곳에서 수만 리 떨어진 사막 한가운데에서 길을 잃은 어린아이라고는 할 수가 없다. 가까스로 입을 뗄 수 있게 된 나는 아이에게 말했다.

"그런데… 너 여기서 뭐 하는 거니?"

아이는 중요한 말이라도 하는 것처럼 천천히 되뇌었다.

"양 한 마리만 그려줘."

황당함이 도를 넘으면 감히 거스를 엄두조차 나지 않는 법. 지금 내가 처한 상황이 그렇다. 사람 사는 곳에서 수만 리 떨어진 사막 한가운데서 죽느냐 사느냐 하는 이 마당에, 나는 주머니에서 종이와 펜을 꺼내고 있다. 하지만 그제야 생각이 났다. 내가 그동안 지리나 역사, 수학이나 문법에만 몰두했다는 사실이. 꼬마에게 그림 그릴 줄을 모른다고(약간은 짜증스럽다는 투로) 말했다. 그랬더니 꼬마가 이렇게 대답하는 것이었다.

훗날 그 소년을 그린 것 중에서 최고로 잘 된 그림이다.

"괜찮으니까, 양 한 마리만 그려줘."

하지만 한 번도 나는 양을 그려 본 적이 없다. 그래서 내가 그릴 수 있는 그림 두 개 중에 하나를 그려주었다. 보아뱀 그림 말이다.

그림을 받아든 꼬마가 하는 말에 나는 경악을 금치 못했다.

"아니, 아니. 보아뱀 배 속에 든 코끼리 말고. 뱀은 아주 위험한 동물이고 코끼리는 너무 크단 말야. 내가 사는 데는 아주 작아. 양이 필요해. 양을 그려줘."

그래서 양을 그렸다.

꼬마는 그림을 자세히 들여다보더니,

"아니, 이 양은 벌써 병 들었어. 다른 양 그려줘."

그래서 다시 그렸다.

꼬마 친구는 한심하다는 듯 씩 웃더니,

"봐. 이건 양이 아니야. 염소라구. 뿔이 있잖아."

그리하여 나는 다시 또 그림을 그렸으나, 다른 그림들처럼 역시나 퇴짜를 맞고 말았다.

"이건 너무 늙었어. 오래 사는 양을 갖고 싶어."

인내심이 바닥나기도 했거니와 어서 엔진 수리를 시작하고 싶었기에 난 그림을 하나 던져주고는 대충 얼버무렸다.

"이건 양이 든 상자야. 네가 원하는 양은 그 안에 있어."

꼬마 판사님의 얼굴에 한 줄기 빛이 번득이는 것이 보였다. 꽤나 뜻밖이었다. "바로 이거야. 그런데 이 양은 풀을 많이 먹어야 돼?"

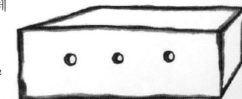

"왜 그러는데?"

"내가 사는 데는 아주 작거든…."

"풀은 넉넉할 거야. 아주 작은 양이니까."

꼬마는 그림 위로 고개를 숙였다.

"그렇게 작지도 않은데…. 봐! 양이 잠들었어…."

그렇게 나는 어린 왕자를 처음 알게 되었다.

3

어린 왕자가 어디서 왔는지 알기까지는 오랜 시간이 걸렸다. 어린 왕자는 나한테는 많은 것을 물어보면서도 정작 내 질문에는 귀를 기울이는 것 같지가 않다. 하지만 어쩌다 우연히 내뱉는 말을 듣고 조금씩, 그러나 모든 것을 알게 되었다.

어린 왕자가 내 비행기(그리기에 너무 복잡해서 그리지 않겠다)를 처음 봤을 때 이렇게 물었다.

"저 물건은 뭐야?"

"저건 물건이 아니야. 타고 날아다니는 거지. 비행기야. 내 비행기."

비행기를 조종할 줄 안다는 말을 하면서 나는 우쭐했다. 그러자 어린 왕자는 큰 소리로 말했다.

"뭐? 아저씨 하늘에서 떨어진 거야?"

나는 "그래" 하고 점잖게 대답했다.

"깔깔깔. 아이고, 배꼽이야!"

어린 왕자가 터뜨린 웃음보는 참으로 사랑스러웠으나 나는 좀 약이 올랐다. 내 불행을 진지하게 받아들여 주면 좋으련만.

어린 왕자가 이어서 말했다.

"그럼 아저씨도 하늘에서 온 거네! 어느 별에서 왔어?"

순간 문득, 어린 꼬마가 어떻게 이런 곳에 있는지에 대한 도저히 풀 길이 없는 수수께끼에 한 줄기 서광이 비치는 것을 나는 보았다. 그리고 불쑥 물었다.

"넌 다른 별에서 왔니?"

하지만 대답이 없다. 그리고 내 비행기에서 눈을 떼지 않은 채 고개를 저으며,

"하긴 저런 걸 타고 먼 데서 왔을 리 없지…" 하더니 길고 긴 공상에 빠졌다. 그러다가 주머니에서 내가 그려준 양을 꺼내가지고는 무슨 보물 들여다보듯 생각에 잠겼다.

'다른 별'이라는 말에 대한 반신반의가 얼마나 내 호기심을 자극했을지는 말하지 않아도 상상할 수 있을 것이다. 그래서 그 주제에 대해 좀 더 알아보기로 했다.

"우리 꼬마 도련님은 어느 별에서 오셨을까? 넌 어디 사니? 양을 어디로 데려가고 싶은데?"

골똘한 침묵이 흐른 후 어린 왕자가 대답했다.

"아저씨가 그려준 상자, 참 좋아. 밤에는 집으로 써도 되겠는 걸."

"그렇고말고. 아저씨 말 잘 들으면 낮 동안 양을 매어둘 끈을 그려줄게. 끈을 묶을 말뚝도."

이 제안에 어린 왕자는 충격을 받은 것 같았다.

"매어둬? 생각 한번 고약해라!"

소행성 B612에서 별을 바라보는 어린 왕자

"매어두지 않으면 아무 데나 돌아다니다가 길을 잃을 거야."
이 꼬마, 또다시 웃음보가 터졌다.
"양이 어디로 갈 거 같은데?"
"아무데나 가겠지. 곧장 앞으로 간다든가."
그러자 어린 왕자가 진지하게 말했다.
"괜찮아. 내가 사는 데는 되게 작거든."
그 다음 말은 구슬픈 듯 들렸다.
"곧장 가봐야 멀리는 못 가…."

4

이로써 아주 중요한 두 번째 사실을 알게 되었다. 어린 왕자가 살던 행성은 고작해야 집 한 채보다 클까 말까 하다는 것이다!

하지만 그다지 놀랄 일은 아니다. 지구나 목성, 화성, 금성처럼 사람들이 이름을 붙여놓은 거대한 행성 말고도 다른 행성들이 수백 개는 더 있고, 어떤 것은 망원경으로도 보기 힘들 만큼 작다는 걸 나는 잘 알고 있다. 천문학자는 그런 행성 중 하나를 발견하면 0부터 시작하는 숫자를 붙인다. 예를 들면 이런 식으로.

16

'소행성 325'

어린 왕자가 소행성 B612에서 왔다고 믿을 만한 근거가 나에게는 있다.

그 소행성은 1909년 터키 천문학자의 망원경에 딱 한 번 포착된 적이 있다.

천문학자는 소행성을 발견했다는 사실을 국제천문학회에서 훌륭하게 증명해냈다. 하지만 터키 전통의상을 입고 있었기 때문에 아무도 그걸 믿으려 하지를 않았다. 어른들은 다 그렇다.

그러나 소행성 B612의 명성을 위해서는 다행스럽게도, 터키의 어떤 왕이 모든 백성들은 유럽식 양복으로 갈아입어야 하며 이를 어길 시에는 사형에 처한다는 법을 만들었다. 1920년에 천문학자는 우아한 옷을 차려입고 다시 증명을 했다. 그랬더니 이번에는 그의 말을 모두 믿는 것이었다.

그 소행성에 대해 이렇게 자세하게 설명하고 번호까지 알려주는 이유는 바로 어른들 때문이다.

어른들은 숫자를 좋아한다. 새로 사귄 친구에 대해 말해주면 어른들은 정작 중요한 것은 물어보지 않는다. "목소리는 어떠니?"라든가 "어떤 놀이를 좋아하니?"라든가 "나비를 수집하니?"라는 말 대신 이렇게 묻

는다. "몇 살이니?"라는 둥 "형제가 몇이니?"라는 둥 "몸무게가 얼마니?"라는 둥 "아버지는 얼마나 버시니?"라는 둥. 그러면 그 사람에 대해 알게 된다고 생각한다. 어른들에게 이렇게 말해보라.

"창가에 제라늄 화분이 있고 지붕에 비둘기가 사는 빨간 벽돌집을 보았어요"라고. 그러면 어른들은 그 집을 도저히 상상할 수가 없다. 어른들한테는 이렇게 말해야 한다. "십만 프랑짜리 집을 보았어요"라고. 그러면 감탄할 것이다. "아, 참 예쁜 집이로구나" 하고.

마찬가지로 "어린 왕자가 존재했다는 증거는 바로 그 아이가 얼굴이 예쁘장했고, 잘 웃었고, 양을 가지고 싶어 했다는 거야. 만약 누가 양을 가지고 싶어 한다면 그건 그 누군가가 존재한다는 증거니까"라고 말해야 할 수도 있다. 그러면 어른들은 어이없다는 듯 어깨를 한번 으쓱하고 당신을 어린애 취급할 것이다. 하지만 "어린 왕자는 소행성 B612에서 왔습니다"라고 하면 흡족해하면서 더 물어보지 않고 당신을 가만 내버려둘 것이다. 어른들이란! 그렇다고 어른들을 욕하면 안 된다. 아이들은 어른들을 너그럽게 봐줘야 한다.

하지만 인생을 이해하는 우리들에게 숫자란 참 하찮다. 나는 이 책을 옛날이야기 같은 식으로 시작하고 싶었다. 예를 들면 이런 식으로. "옛날에 옛날에 집 한 채보다 클까 말까 한 작은 별에 어린 왕자가 살았어요. 어린 왕자는 친구가 필요했답니다⋯."

그랬다면 인생을 이해하는 우리들에겐 훨씬 실감이 났을 것이다.

그러니 이 책을 가볍게 읽는 사람이 없기를 바란다. 이 추억을 써 내려가면서 난 너무나 큰 슬픔에 잠겼다. 내 친구가 양을 데리고 떠난 지 벌써 여섯 해가 지났다. 내가 어린 왕자에 대해 자세하게 쓰려는 건 어린 왕자를 잊고 싶지 않기 때문이다. 친구를 잊는 건 슬픈 일이다. 누구에게나 친구가 있는 것은 아니다. 나도 숫자 말고는 관심이 없는 어른들처럼 될 수도 있다.

내가 물감 한 상자와 연필을 산 건 그런 이유다. 여섯 살 이후로 겉에서 본 보아뱀과 배 속이 보이는 보아뱀 말고는 그림을 그려본 적 없는 내가 이 나이를 먹고 다시 그림 그리기를 시작하기란 여간 고역이 아니다.

물론 최대한 생생하게 그리도록 노력은 해보겠다. 하지만 반드시 성공하리란 보장은 없다. 어떤 그림은 괜찮은데 또 어떤 그림은 영 닮지를 않았다. 어린 왕자의 키도 조금씩 틀리고 그렇다. 어떤 데서는 너무 크고 또 어떤 데서는 너무 작다. 옷 색깔도 긴가민가하고. 기억을 더듬어가며 어떻게든 그리긴 그렸다. 물론 중요한 부분에서 큰 실수를 했을 수도 있다.

하지만 그런 건 다 용서가 된다. 내 친구는 무엇 하나 설명해주는 법이 없었으니까. 아마 나도 자기 같을 거라 생각했나보다. 하지만, 오 이런. 난 상자 안에 있는 양을 어떻게 보는지를 모른다. 아마 조금은 다른 어른들 같아진 거겠지. 나이를 안 먹을 수는 없으니까.

5

하루하루 지남에 따라 어린 왕자가 살던 행성이라든가, 그곳을 떠난 이유라든가, 여행 중에 있었던 일에 대해서 나는 알게 되었다. 그런 말들은 어린 왕자가 무언가 골똘히 생각할 때 천천히 튀어나왔다. 그리하여 사흘째 되던 날은 바오밥나무의 재앙에 관한 이야기였다.

이번에도 양 덕분이었다. 마치 심각한 의문에라도 사로잡힌 듯 어린 왕자가 불쑥 물었다.

"정말이지? 양이 작은 나무를 먹는다는 말."

"그래, 맞아."

"아이, 잘 됐다!"

양이 작은 나무를 먹는 게 왜 그렇게 잘 된 일인지 나로서는 알 길이 없었으나, 어린 왕자는 말을 계속했다.

"그럼 바오밥나무도 먹겠네?"

그래서 바오밥나무는 작은 나무가 아니라 교회당만큼이나 커다란 나무고, 코끼리를 떼로 데려간다 해도 바오밥나무 한 그루를 다 먹어 치우지는 못할 거라 일러주었다.

코끼리 떼라는 말에 어린 왕자가 웃었다.

"코끼리를 겹쳐 쌓아두어야 할 거야."

하지만 어린 왕자는 기특한 대답을 내놓았다.

"바오밥나무도 다 크기 전에는 작은 나무일 거야."

"그렇군. 근데 왜 양이 바오밥나무를 먹었으면 좋겠다는 거니?"

어린 왕자는 말했다. "참 나." 뻔한 걸 왜 묻느냐는 투였다. 그래서 나는 혼자서 이 문제를 풀기 위해 엄청난 정신적 노동을 해야만 했다.

이유인즉슨, 어린 왕자가 사는 행성에는, 다른 행성도 그렇겠지만, 착한 식물과 못된 식물이 있다. 따라서 착한 식물에서 나온 착한 씨앗이 있을 것이고, 못된 식물에서 나온 못된 씨앗이 있을 것이다. 하지만 씨앗은 눈에 보이지 않는

다. 씨앗은 깊은 땅 속에 숨어 잠을 잔다. 그러다 깨어나고 싶은 마음이 들면 수줍게 기지개를 켜고 태양을 향해 해맑은 싹을 쏘옥 내밀 것이다. 그게 무나 장미의 싹이라면 마음대로 자라게 내버려두면 된다. 하지만 못된 식물의 싹이라면, 그 사실을 알게 된 즉시 뽑아버려야 한다.

어린 왕자의 행성에는 무시무시한 어떤 씨앗이 있었다. 바로 바오밥나무 씨앗이었다. 그 행성의 흙은 바오밥나무 씨앗 투성이었다. 바오밥나무는 손쓰는 게 너무 늦으면 영영 없앨 수 없는 그런 나무다. 행성 전체를 뒤덮어버린다. 뿌리로 행성에 구멍을 내버린다. 만약 행성이 아주 작고 바오밥나무가 너무 많다면 행성은 산산조각 난다….

"그건 정하기 나름이지." 훗날 어린 왕자가 해준 말이다. "아침에 얼굴을 씻었다면 다음은 별을 씻겨줄 차례야. 바오밥나무나 장미나무나 처음 싹이 텄을 땐 다 똑같이 생겼어. 하지만 어떤 게 바오밥나무인지 알아볼 수 있게 되면 재빨리 뽑아버린다는 규칙을 정해야 해. 재미는 없지만 아주 쉬운 일이지."

그리고 어느 날 충고하기를, 집에 있는 어린이들이 마음에 단단히 새길 수 있도록 멋진 그림을 하나 그리라고 했다. "그 아이들이," 어린 왕자가 말했다. "언젠가 여행을 떠날 때가 되면 많은 도움이 될 거야. 어떤 일은 다음으로 미뤄도 아무 해가 없어. 그렇지만 그게 바오밥나무라면 반드시 큰일이 나. 어떤 게으름뱅이가 사는 별이 하나 있었어. 작은 나무 셋을 그냥 내버려두었는데…."

그래서 어린 왕자 말대로 그 행성을 그렸다. 도덕 선생님처럼 말하는 걸 난 그다지 좋아하지 않는다. 그러나 바오밥나무의 위험성에 대해서는 거의 알려진 바가 없고, 소행성에서 길을 잃은 사람 누구에게나 그런 심각한 위험이 닥칠 수 있기에 이번 한 번만 내 소신을 굽히기로 한다. "어린이들이여, 바오밥나무를 조심하라!" 이 그림은 나와 마찬가지로 자기도 모르는 사이에 오랫동안 바오밥나무의 위험에 둘러싸여 있는 내 친구들에게 경종을 울리기 위한 것이다. 그래서 이 그림에 아주 많은 공을 들였다. 내가 전해주는 교훈은 그만한 가치가 있으니까. 당신은 아마 이런 궁금증이 생길 것이다. 왜 이 책에는 바오밥나무 그림만큼 훌륭한 그림이 또 없는 걸까? 대답은 간단하다. 시도했으나 성공하지 못했다. 바오밥나무를 그릴 때는 절박함이 나를 몰아세웠던 것뿐이다.

바오밥나무

6

오, 어린 왕자여! 슬프도록 지루했던 네 삶을 나 시나브로 알게 되었다. 그동안 네가 할 수 있는 놀이라곤 말없는 노을을 바라보는 것뿐이었지. 넷째 날 아침, 네 말을 듣고 새로운 사실을 알게 되었다.

"난 노을이 좋아. 노을 보러 가자."

"기다려야 해."

"기다리다니, 뭘?"

"해가 질 때까지 기다려야 해."

넌 처음엔 놀라는 기색이 역력했어. 하지만 웃음을 터뜨렸지.

넌 이렇게 말했어.

"아직도 여기가 집인 줄 알았어."

그렇다. 미국이 정오일 때, 당신도 알겠지만, 프랑스는 해가 진다.

만약 프랑스까지 일 분만에 날아갈 수 있다면 정오에 노을을 볼 수 있을 텐데. 유감스럽게도 그러기엔 프랑스는 너무 멀다. 하지만 어린 왕자, 작은 너의 행성에서는 그저 의자를 몇 발짝 옮기기만 하면 되는 거였어.

보고 싶으면 언제라도 땅거미가 지는 걸 볼 수 있었을 테지….

"어떤 날은, 노을을 마흔네 번 봤어!"

그리고 잠시 후 다시 말했지.

"있잖아…. 아주 슬플 때는 노을이 좋아져…."

"노을을 마흔네 번 본 날은 많이 슬펐니?"

그러나 어린 왕자는 대답이 없다.

7

닷새째 되는 날, 또다시 양 덕분에, 어린 왕자의 비밀이 드러났다. 길고 고요한 사색 끝에 탄생한 질문인 것처럼 예고도 없이 불쑥 나에게 물었다.

"양 있잖아, 작은 나무를 먹는다면 꽃도 먹겠지?"

"양은 보이는 건 닥치는 대로 먹어."

"가시 달린 꽃도?"

"그래. 가시 달린 꽃도."

"그럼 가시는 왜 있어?"

알 수 없었다. 그때 나는 엔진을 꽉 조인 나사를 푸느라 진땀을 빼고 있었다. 엔진 고장이 매우 심각한 상태임을 점점 명확하게 인식하기 시작했고, 물도 거의 바닥이 나 최악의 상황을 염려해야만 했다.

"가시는 왜 있는 거냐구."

어린 왕자는 한번 한 질문은 절대로 그냥 넘어가지 않는다. 나는 그 나사 때문에 열이 올라 있었기에 아무렇게나 대답을 했다.

"가시는 아무짝에도 쓸모가 없어. 꽃이 그냥 심술을 부린 거야!"

"아!"

잠시 침묵이 흘렀다. 그러고는 억울하다는 듯 쏘아붙였다.

"거짓말 마! 꽃은 연약해! 순진해! 있는 힘을 다해 자기를 지키는 거야. 가시가 무시무시하다고 믿는 거라구….'

난 대꾸하지 않았다. 그때 속으로 생각하고 있었다. '그래도 안 빠지면 망치로 후려쳐버려야지.' 다시 한 번 어린 왕자가 나의 생각을 방해했다.

"그럼 아저씨 생각엔 꽃들이….'

"그만해! 나도 몰라! 그냥 아무렇게나 대답한 거야! 지금 나 중요한 일 때문에 바쁜 거 안 보여?"

어린 왕자는 깜짝 놀라 나를 쳐다봤다.

"중요한 일?"

손에는 망치를 들고 손가락은 시커먼 기름 범벅에다 어린 왕자가 보기엔 말도 못하게 흉측한 물건 위로 몸을 숙이고 있는 나의 모습을, 그 아이는 거기서 바라보고 있었다.

"아저씨도 다른 어른들이랑 똑같이 말하잖아!"

그 말에 나는 조금 뻘쭘해졌다. 하지만 어린 왕자는 가차 없이 말을 이었다.

"아저씨는 하나도 몰라…. 온통 뒤죽박죽이라구!"

불 같이 화를 냈다. 바람이 금빛 곱슬머리를 헝클어놓았다.

"어느 별에 얼굴이 시뻘건 아저씨가 살고 있어. 그 아저씬 꽃향기는 맡아본 적도 없어. 별도 바라본 적이 없어. 누군가를 사랑을 해본 적도 없어. 평생 덧셈 말고는 아무것도 해본 적이 없어. 그리고 온종일 아저씨처럼 말해. '중요한 일 하느라 바빠, 중요한 일 하느라 바빠.' 그리고 그게 자랑스러워서 잔뜩 부풀어 올라. 그 아저씨는 사람이 아냐. 버섯이라구!"

"버, 뭐?"

"버섯!"

어린 왕자의 얼굴이 분노로 새하얗게 질렸다.

"꽃들은 수백만 년 전부터 가시를 만들었어. 양도 똑같이 수백만 년 전부터 꽃을 먹었어. 꽃들이 왜 아무짝에도 쓸모없는 가시를 만드느라 그 고생을 하는지 알아내려는 건 중요한 일이 아니야? 꽃하고 양하고 전쟁을 하고 있다는 건 중요하지 않아? 얼굴 빨간 아저씨가 하는 덧셈보다 덜 중요하다는 거야? 그리고 이 세상 아무 데도 없고 오직 내 별에만 있는 이 세상에 한 송이뿐인 꽃을, 어느 날 아침 어떤 양이 무심코 한입에 먹어버릴 수도 있는데, 맙소사, 아저씬 가시가 중요하지 않다는 거잖아!"

말을 이으면서 어린 왕자의 얼굴이 붉게 물들었다.

"수백만 개나 되는 별에 단 한 송이밖에 없는 꽃을 사랑하는 사람은 그

27

냥 별을 바라만 봐도 행복할 거야. '저 어느 별인가에 내 꽃이 있겠지…' 할 거라구. 그런데 양이 그 꽃을 먹었다고 해봐. 그 사람한테는 별이 전부 꺼지는 느낌일 거야. 그런데도 아저씨는 가시가 중요하지 않다는 거잖아!"

어린 왕자는 더 이상 아무 말도 할 수가 없었다. 갑자기 눈물을 쏟아냈다.

밤이 깔렸다. 나는 손에서 연장을 내려놓았다. 망치, 나사, 갈증, 죽음을 비웃었다. 어떤 행성, 아니 별, 나의 별, 나의 지구 위에 내가 위로해줘야 할 어린 왕자가 있다. 나는 두 팔로 어린 왕자를 품어 안았다. 그리고 말했다. "네가 사랑하는 꽃은 위험에 빠지지 않아. 내가 양에 씌울 입마개를 그려줄게. 내가 꽃에 둘러칠 울타리를 그려줄게. 내가…." 뭐라 말해야 할지 떠오르지가 않았다. 나는 서툴렀다. 어떻게 갈 수 있는지, 어디로 들어가야 하는지… 나는 모른다. 이다지도 신비로운 눈물의 나라여.

8

머지않아 그 꽃에 대해 나는 좀 더 알게 되었다. 어린 왕자의 행성에 있는 꽃들은 줄곧 아주 소박한 모습으로 피었다. 꽃잎은 한 겹이고 자리도 별로 차지하지 않는다. 누굴 귀찮게 하지도 않는다. 어느 날 아침 풀 속에 피어났다가 밤이 되면 얌전하게 시들어버린다. 그러던 어느 날, 아무도 모르는 곳에서 날아온 씨앗에서 싹이 텄다. 행성 그 어느 새싹과도 닮지 않았기에 어린 왕자는 주의 깊게 지켜봤다.

새로운 바오밥나무의 한 종류일지도 모를 일이니까. 싹은 이내 풀이 되었고, 성장을 멈추고 꽃 피울 준비를 시작했다. 커다란 꽃봉오리가 처음 맺힐 때부터 지켜본 어린 왕자는 조만간 어떤 기적 같은 일이 생기리라는 것을 예감했다. 하지만 꽃은 녹색 꽃방 안에서 아름다워질 채비를 마치느라 여념이 없었다. 정성을 다해 색을 골랐다. 천천히 옷을 입었다. 하나씩 꽃잎을 정돈했다. 양귀비꽃마냥 온통 구깃구깃한 모습으로 세상에 나오기는 싫었던 것이다. 아름다움이 한창 물올랐을 때, 꽃을 피우고 싶었다. 정말이지 아름다운 꽃이다. 꽃의 신비로운 몸단장은 여러 날 동안 계속되었다.

그러던 어느 날 아침, 정확히 해가 떠오르는 순간에 꽃은 피어났다.

그렇게 세심하게 공을 들인 후에 피어났건만 꽃은 하품을 하며 말하는 것이었다.

"아함, 이제 막 잠에서 깨어났답니다. 용서하세요. 아직 꽃잎이 좀 어수선해요…."

하지만 어린 왕자는 감탄을 금할 수 없었다.

"이야, 너 참 예쁘구나!"

"그렇죠?" 꽃이 상냥하게 대답했다. "게다가 저는 해와 같은 시간에 태어났어요…."

꽃이 그다지 겸손하지 않다는 것을 어린 왕자는 쉽게 짐작할 수 있었다. 그러나 이 얼마나 가슴 뭉클한 일인가!

"아침 먹을 시간 같은데요." 잠시 후 꽃은 말했다. "저에게 친절을 베풀어주시겠어요?"

어린 왕자는 몹시 당황스러워 하면서

물뿌리개를 찾으러 갔다. 그리고
꽃에 물을 주었다.

　그렇게 꽃은 피어나자마자 그 허
영심으로 어린 왕자를 괴롭히기 시
작했다. 예를 들면, 어느 날 자기가
가진 네 개의 가시에 대해 이런 말
을 하기도 했다.

　"호랑이더러 발톱을 세우고 덤비
라고 해요!"

　"내 별엔 호랑이가 없는데." 어린 왕자는 이의를 제기했다. "그리
고 호랑이는 풀 안 먹어."

　"저는 풀이 아니랍니다." 꽃이 상냥하게 대답했다.

　"미안….."

　"호랑이는 하나도 무섭지 않아요. 하지만 바람은 무서워요. 바람
막이는 없나요?"

　"바람이 무섭다니… 꽃한텐 딱한 일이네" 하고 말하면서 어린 왕
자는 생각했다. '이 꽃은 아주 까다롭구나….'

　"밤에는 유리덮개를 씌워주세요. 이 별은 너무 추워요. 위치가 틀
려먹었어요. 제가 살던 별은 말이죠…."

　　그러나 거기서 말문이 막혔다. 꽃은
씨앗의 모습으로 여기에 왔다. 다른 세
상을 봤을 리가 없었다. 천연덕스러운
거짓말이 들통 나자 부끄러워진 꽃은 어
린 왕자에게 잘못을 돌리려고 기침을 두

어 번 했다.

"콜록콜록. 바람막이 없냐구요."

"지금 찾으러 가려던 참인데 네가 계속 말을 걸어서….."

꽃은 어린 왕자가 미안해하도록 몇 번인가 억지 기침을 했다. 그래서 어린 왕자는 꽃을 사랑하는 마음에서 우러나온 호의도 있었지만, 꽃을 의심하는 마음도 들게 되었다. 어린 왕자는 대수롭지 않은 말을 진지하게 받아들였고, 그래서 몹시 우울해졌다.

"꽃이 하는 말을 듣지 말 걸 그랬어." 어느 날인가 어린 왕자가 털어놓았다. "아저씨는 꽃이 하는 말을 들으면 안 돼. 그냥 바라만 보고 향기만 맡아. 꽃이 별을 온통 향기롭게 해줬어. 그렇지만 나는 맡을 줄 몰랐던 거야. 발톱 이야기에 기분이 상했었는데, 그냥 다정하게 대해줄 걸 그랬어."

어린 왕자의 고백은 계속되었다.

"그땐 아무것도 몰랐어! 말이 아니라 행동을 보고 판단해야 한다는 걸. 꽃은 향기를 풍겨주고 나를 비춰줬는데. 도망치지 말 걸 그랬어. 서툰 거짓말 뒤에 사랑이 숨어 있다는 걸 눈치 챘어야 하는 건데. 꽃은 원래 앞뒤가 안 맞는 말을 많이 하는데. 사랑을 알기엔 난 너무 어렸어….."

9

어린 왕자는 이동하는 철새를 타고 행성을 떠나왔을 것이다. 떠나는 날, 어린 왕자는 행성을 말끔하게 정리했다. 불 뿜는 화산도 꼼꼼하게 청소했다. 어린 왕자의 행성에는 불 뿜는 화산이 두 개 있었는데, 아침밥 데우기에 안성맞춤이었다. 그리고 식어버린 화산도 하나 있었다. 그러나 어린 왕자 말마따나 '혹시 모른다.' 그래서 식은 화산도 청소했다. 화산은 잘 청소해두면 폭발하지 않고 살살 꾸준히 타오른다. 화산 폭발은 벽난로의 불 같은 것이다.

지구에서 화산을 청소하기엔 확실히 우린 너무 작다. 그래서 화산은 끊임없이 말썽을 부린다. 어린 왕자는 조금 서글픈 심정으로 바오밥나무의 작은 싹 마지막 하나까지 뽑아냈다. 다시는 돌아오지 못할 것 같았다. 그런 생각을 하니 이 모든 익숙한 일들이 너무나도 정겹게 느껴졌다. 마지막으로 꽃에 물을 주고 유리덮개를 씌워줄 때는 눈물이 날 것만 같았다.

"잘 있어." 꽃에게 작별인사를 했다.

그러나 꽃은 대답하지 않았다.

"잘 있어." 어린 왕자가 다시 한 번 인사했다.

꽃은 기침을 했다. 하지만 감기 때문은 아니었다.

"제가 바보 같았어요." 마침내 꽃이 입을 뗐다. "절 용서해주세요. 행복해야 해요…."

원망 섞인 말이 아닌 것에 어린 왕자는 놀랐다. 유리덮개를 손에 든 채 어린 왕자는 어쩔 줄을 모르고 서 있었다. 이 차분한 상냥함을 이해할 수 없었다.

"네. 당신을 사랑해요." 꽃이 말했다. "그걸 모르시다니, 제 잘못

어린 왕자는 불 뿜는 화산도 꼼꼼하게 청소했다.

이죠. 그건 이제 중요하지 않아요. 당신도 저처럼 바보 같아요. 행복하세요…. 유리덮개는 그냥 둬요. 이젠 없어도 돼요."

"하지만 바람이…."

"별로 대단한 감기도 아닌 걸요. 서늘한 밤공기는 몸에 좋을 거예요. 전 꽃이잖아요."

"하지만 짐승이…."

"나비를 보려면 애벌레 두세 마리쯤은 있어야죠. 나비는 참 아름다울 거예요. 나비 말고 또 누가 저를 찾아오겠어요? 당신은 멀리 계실 테니…. 짐승도 무섭지 않아요. 나도 발톱이 있다구요."

그리고 천진난만하게 가시 네 개를 내보였다. 그리고 말했다.

"그렇게 꾸물거리지 마세요. 짜증이 나려고 해요. 떠나기로 결심했잖아요. 어서 가세요!"

우는 모습을 보이고 싶지 않던 것이다. 그렇게 자존심 센 꽃이다.

10

어린 왕자는 소행성 325, 326, 327, 328, 329, 그리고 330 가까이에 있었다. 그래서 견문을 넓히고 일자리도 찾을 생각으로 그 행성들을 방문하기 시작했다.

첫 번째 행성에는 왕이 살고 있었다. 왕은 보랏빛 천과 흰 족제비털로 만든 망토를 걸치고 소박하지만 장엄한 왕좌에 앉아 있었다.

"오, 신하가 왔도다!" 어린 왕자가 오는 것을 보고 왕이 외쳤다.

어린 왕자는 이상한 생각이 들었다.

'나를 한 번도 본 적이 없는데 어떻게 나를 알지?'

왕에게는 세상이 아주 단순하다는 걸 어린 왕자는 몰랐다. 왕한테는 모든 사람이 신하인 것이다.

"짐이 잘 볼 수 있도록 가까이 오라." 드디어 누군가에게 왕 노릇을 할 수 있게 되어 무척이나 자랑스러웠는지 왕이 말했다.

어린 왕자는 앉을 곳을 찾으려 이리저리 둘러보았으나 왕의 아름다운 족제비 털 망토가 행성을 온통 뒤덮고 있었다. 그래서 그대로 서 있었다. 피곤했던 어린 왕자는 하품을 했다.

"왕을 알현한 자리에서 하품을 하다니 예절에 어긋나느니라." 왕이 말했다. "하품을 금하노라."

"어쩔 수 없었어요." 어리둥절해진 어린 왕자가 대답했다. "오랫동안 여행을 했고 잠을 한숨도 못 잤다구요."

"오, 그러하다면." 왕이 말했다. "하품을 명하노라. 누가 하품하는 것을 본 지도 여러 해 되었도다. 하품이 신기하도다. 어서 하라! 다시 하품을 하라! 짐이 명하노라!"

"무서워서… 하품을 못 하겠어요…." 무안해진 어린 왕자가 더듬더듬 말했다.

"어흠! 어흠!" 왕이 대꾸했다. "그렇다면 때로는 하품을 하고 때로는 하품을…."

난처했는지 왕은 말끝을 얼버무렸다. 왕은 자기 권위가 존중되기를 원했다. 왕은 불복종을 용납하지 않았다. 그는 절대군주였다. 하지만 다행스럽게도 이치에 맞는 명령만 내렸다.

"만약," 왕은 이렇게 말하곤 했다. "짐이 어떤 장군에게 바닷새로 변하라 명했으나 장군이 그에 복종하지 않았다면 그건 장군의 잘못이 아니니라. 짐의 과오니라."

"앉아도 될까요?" 어린 왕자가 쭈뼛쭈뼛 물었다.

"앉으라 명하노라." 대답한 왕은 족제비 털 망토 자락을 위엄 있게 거둬들였다.

그러나 어린 왕자는 궁금했다···. 행성은 아주 작았다. 왕은 실제로 무엇을 다스릴 수 있을까?

"폐하." 어린 왕자가 입을 열었다. "질문이 하나 있습니다···."

"질문을 명하노라." 왕이 조급하게 말했다.

"폐하는 뭘 다스리나요?"

"모든 것." 왕은 간단하게 대답했다.

"모든 것?"

왕은 자기 행성과 다른 행성과 별을 가리키는 시늉을 했다.

"저 모든 것을요?" 어린 왕자가 물었고,

"저 모든 것을." 왕은 답했다.

그는 절대적인 왕이며 모든 것의 왕이었다.

"그럼 별도 폐하의 명에 따르나요?"

"물론 그러하니라." 왕이 말했다. "즉시 따르노라. 짐은 불복종을 용납하지 않노라."

그런 권력이 어린 왕자에겐 놀라울 따름이었다. 만약 그런 권력이 있다면 의자를 뒤로 옮기지 않고도 노을을 하루에 마흔네 번이 아니라, 일흔 두 번, 아니 백 번, 이백 번이라도 볼 수 있을 것이다.

어린 왕자는 버려져 있을 작은 행성이 생각나 조금 울적해졌는지 용기를 내어 왕에게 청했다.

"노을을 보고 싶어요. 부탁을 들어주세요. 해한테 질 것을 명해주세요···."

"만약 짐이 어떤 장군에게 나비처럼 이 꽃 저 꽃 날아다니라 명했
다거나, 비극적인 작품을 한 편 쓰라고 명했다거나, 바닷새로 변하라
명했으나 장군이 따르지 않았다면 누구 잘못인가? 장군 잘못인가?
짐의 잘못인가?"

"폐하 잘못이요." 어린 왕자가 자신 있게 대답했다.

"옳거니. 따를 수 있는 명령을 해야 하느니라." 왕이 말을 이었다.
"올바름 위에 권위가 서느니라. 만약 그대가 백성들에게 바다에 몸
을 던지라 명한다면 그들은 반란을 일으킬 것이니라. 짐의 명이 타당
하기에 복종을 요구할 권리가 있는 것이로다."

"그럼 노을은요?" 한번 질문했다 하면 포기할 줄 모르는 어린 왕자가 왕에게 물었다.

"노을을 보게 되리라. 짐이 명할 것이니라. 허나 짐의 통치 원칙에 따라 조건이 갖추어질 때까지 기다리겠노라."

"그게 언제가 될까요?" 어린 왕자가 물었다.

"어흠! 어흠!" 왕은 두꺼운 달력 같은 걸 뒤져보더니, "어흠! 어흠! 대략, 대략… 오늘 저녁 일곱 시 사십 분 쯤이니라. 짐의 명이 얼마나 훌륭하게 수행되는지 똑똑히 보게 되리라!"

어린 왕자는 하품을 했다. 노을을 못 보는 것이 섭섭했다. 그리고 벌써 조금씩 지루해지기 시작했다.

"여긴 제가 할 일이 없네요." 어린 왕자가 말했다. "저 갈래요."

"가지 말라." 신하가 생겨 몹시도 뿌듯해했던 왕이 말했다. "그대에게 벼슬을 내리겠노라!"

"무슨 벼슬요?"

"파… 판사로 임명하노라!"

"하지만 여긴 재판할 사람도 없는 걸요."

"네가 어찌 아느냐?" 왕이 말했다. "짐은 아직 왕국을 순시한 적이 없느니라. 짐은 늙었고 마차를 둘 자리도 없고 걷는 것도 피곤한 일이로다."

"아, 제가 이미 다 살펴봤어요!" 행성 반대편을 둘러보면서 어린 왕자가 말했다. 하지만 거기에도 사람은 없었다.

"그렇다면 자신을 심판하라." 왕이 대답했다. "그것이 훨씬 어려운 일이니라. 남보다 자신을 심판하는 것이 훨씬 어려운 법이니라. 그대가 스스로를 심판할 수 있다는 건, 진정 지혜롭기 때문이니라."

"저는요." 어린 왕자가 말했다. "어디서든 저를 심판할 수 있거든요. 이 별에서 살 필요는 없어요."

"어흠! 어흠! 짐의 행성 어딘가에 늙은 쥐 한 마리가 있노라. 밤이면 소리가 나느니라. 그대는 이 늙은 쥐를 심판해야 하느니라. 때로는 쥐에게 사형을 선고하라. 쥐의 목숨은 그대의 공정함에 달려 있느니라. 그러나 매번 사면토록 하라. 오직 하나 뿐인 쥐니라."

"저는요." 어린 왕자가 말했다. "사형을 내리는 건 싫어요. 이제 가야겠어요."

"아니 되느니라." 왕은 말했다.

어린 왕자는 떠날 채비를 마쳤으나 나이 든 왕을 섭섭하게 하고 싶지는 않았다.

"만약에 폐하의 명이 즉시 수행되기를 원한다면요, 이치에 맞는 명을 내리면 돼요. 예를 들면 일 분 내로 떠나라든가…. 지금 조건이 갖추어진 것 같은데요…."

왕이 아무런 말을 하지 않았기에 어린 왕자는 잠시 머뭇거렸으나 결국 한숨을 내쉬면서 길을 떠났다.

"그대를 외교관으로 임명하노라!" 왕이 황급하게 외쳤다.

무척 근엄한 표정이었다.

'어른들은 참 이상해.' 여행을 하는 내내 어린 왕자는 생각했다.

11

두 번째 행성에는 허영심 많은 우쭐꾼이 살고 있었다.

"아! 아! 나를 존경하는 사람이 찾아오네!"

저 멀리서 어린 왕자가 다가오는 것을 보자마자 우쭐꾼이 외쳤다.

허영심 많은 사람에게 다른 사람은 모두 자기를 존경하는 사람인

것이다.

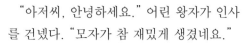

"아저씨, 안녕하세요." 어린 왕자가 인사
를 건넸다. "모자가 참 재밌게 생겼네요."

"어서 와라." 우쭐꾼이 대답했다. "이건
사람들이 환호를 보낼 때 답례를 하기 위한
모자야. 유감스럽게도 이쪽으로는 아무도
지나가지 않지만."

"그래요?" 알아듣지 못한 어린 왕자가
대답했다.

"두 손바닥을 서로 마주쳐봐." 우쭐꾼이
말했다.

어린 왕자는 두 손을 마주쳐 박수를 쳤
다. 그러자 우쭐꾼은 모자를 들어 올려 정
중하게 답례를 했다.

'임금님 별에 갔을 때보다 재미있군.' 어
린 왕자는 생각했다. 그리고 다시 두 손을
마주쳤다. 우쭐꾼은 또다시 모자를 들어 올
려 인사를 했다.

오 분쯤 그렇게 하고 나니까 단순한 놀이

에 싫증이 났다.

　"모자를 벗게 하려면." 어린 왕자가 물었다. "뭘 해야 해요?"

　하지만 우쭐꾼은 듣지 않았다. 허영심 많은 사람한테는 자기를
칭찬하는 말만 들리니까.

　"넌 나를 아주 존경하지?" 우쭐꾼이 어린 왕자에게 물었다.

　"존경이 뭐 하는 건데요?"

"존경한다는 건, 내가 이 행성에서 제일 잘 생기고, 제일 옷을 잘 입고, 제일 돈이 많고, 제일 똑똑한 사람이라고 인정해주는 거란다."

"근데 이 별엔 아저씨 혼자잖아요!"

"아무튼 부탁이니 나를 존경해줘."

"아저씨를 존경해요." 어깨를 으쓱하면서 어린 왕자가 말했다. "그런데 그게 왜 아저씨를 기쁘게 해주는 거예요?"

그리고 어린 왕자는 길을 나섰다.

여행길 내내 '어른들은 정말이지 너무 이상해' 하고 생각하면서.

12

다음 행성에는 주정뱅이가 살고 있었다. 아주 짧은 방문이었지만 어린 왕자는 깊은 슬픔을 느꼈다.

"아저씨 여기서 뭐 해?"

빈 병 한 무더기, 술이 가득한 병 한 무더기 앞에 말없이 자리 잡고 앉아 있는 주정뱅이를 보고 어린 왕자가 말을 걸었다.

"술 마신다." 시무룩한 표정으로 주정뱅이가 대답했다.

"왜 술을 마셔?" 어린 왕자가 물었다.

"잊으려고." 주정뱅이는 대꾸했다.

"뭘 잊으려고?" 벌써부터 불만스러워진 어린 왕자가 물었다.

"창피하다는 걸 잊으려고." 주정뱅이가 목을 늘어뜨리고 말했다.

"뭐가 창피한데?" 그를 돕고 싶어진 어린 왕자가 캐물었다.

"술을 마시는 게 부끄럽다!" 이렇게 말하고 주정뱅이는 입을 다물고 끝내 침묵을 지켰다.

어리둥절해진 어린 왕자는 길을 떠났다.

그리고 여행 내내 생각했다. '어른들은 정말 너무너무 이상해.'

13

네 번째 방문한 곳은 어떤 사업가가 소유한 행성이었다. 그 사람은 너무나 바빠서 어린 왕자가 도착했을 때 고개조차 들지 않았다.

"안녕." 어린 왕자가 인사를 했다. "아저씨, 담뱃불이 꺼졌어."

"셋에다 둘을 더하면 다섯이고, 다섯에다 일곱을 더하면 열둘이고, 열둘에 셋을 더하면 열다섯이고. 안녕, 얘야. 열다섯에 일곱을 더하면 스물둘, 스물둘에 여섯을 더하면 스물여덟. 담뱃불 다시 붙일 시간도 없구나. 스물여섯에 다섯을 더하면 서른하나. 휴우! 그러면 오억 백 육십이만 이천칠백서른하나로구나."

"뭐가 오억이라는 거야?"

"어라? 너 아직도 거기 있었니? 오억… 멈추면 안 돼…. 할 일이 너무 많아. 아저씬 중요한 일을 하는 중이야. 말장난 할 시간이 없단 다! 둘에 다섯이면 일곱이고…."

"뭐가 오억이라는 거야?" 일단 한번 물어봤다 하면 절대 포기하지 않는 어린 왕자가 재차 물었다.

사업가가 고개를 들었다.

"오십 하고도 사 년을 이 행성에 살면서 딱 세 번 방해를 받았다. 첫 번째는 이십 하고도 이 년 전에, 알 게 뭐야 어디서 날아왔는지, 오두방정을 떠는 풍뎅이가 나타났을 때였다. 하도 정신없이 날아다 니는 통에 덧셈을 네 군데나 틀렸지 뭐냐. 두 번째는 십 하고도 일

년 전인데, 관절염이 도졌을 때였다. 아저씬 중요한 일을 하는 중이
야. 세 번째는, 바로 지금이야! 어디까지 했더라… 오억….”

“뭐가 오억이라는 거야?”

사업가는 문득 깨달았다. 조용히 일하기는 틀렸다는 사실을.

“하늘에 수도 없이 보이는 저 작은 것들 말이다.”

“파리?”

“아니. 반짝반짝하는 작은 것.”

“꿀벌?”

"나 참, 아니. 게으름뱅이들이 바라보면서 공상에 빠지는 저 금빛 나는 작은 것들. 난 아주 중요한 일을 하는 중이야. 공상이나 하고 있을 시간이 없어."

"아하, 별?"

"그래, 별."

"오억 개나 되는 별로 뭘 하는데?"

"오억 백 육십이만 이천칠백서른한 개야. 나는 중요한 일을 하고 있어. 그리고 정확한 사람이지."

"저 별로 뭘 하는데?"

"뭘 하냐고?"

"응."

"아무것도 안 해. 그냥 소유하는 거지."

"별을 소유한다고?"

"그래."

"하지만 임금님이…."

"왕은 별을 소유하지 않아. 다스리지. 그건 완전히 다른 거야."

"그럼 별을 소유하면 뭐가 좋은데?"

"부자가 되지."

"부자가 되면 뭐가 좋은데?"

"누가 별을 발견하면 그걸 사지."

어린 왕자는 생각했다. '주정뱅이 아저씨하고 똑같은 말을 하네.' 그래도 아직 궁금한 것이 몇 가지 더 있었다.

"별을 어떻게 소유해?"

"별이 누구 거지?" 사업가는 신경질이 나서 쏘아붙였다.

"몰라. 누구 것도 아니겠지."

"그럼 내 거야. 내가 제일 먼저 내 거라고 생각했으니까."

"그게 다야?"

"그렇지. 네가 임자 없는 다이아몬드를 발견하면 그건 네 거야. 주인 없는 섬을 발견하면 그건 네 섬이지. 제일 먼저 좋은 걸 생각해낸다면 넌 특허를 얻게 되는 거고. 그래서 별은 내 거야. 나보다 먼저 자기 거라고 생각한 사람은 없으니까."

"정말 그렇군." 어린 왕자가 말했다. "그런데 아저씬 별을 가지고 뭘 해?"

"관리해." 사업가가 대답했다. "별을 세고, 다시 세지. 어려운 일이야. 난 중요한 일을 하는 사람이야."

아직도 어린 왕자는 마음에 들지 않는 모양이었다.

"나한테 비단 목도리가 있다면 그걸 목에 두르고 어디든 같이 갈 거야. 나한테 꽃이 있으면 꽃과 어디든 같이 갈 거고. 그런데 아저씨는 하늘에서 별을 딸 수가 없잖아!"

"없지. 하지만 은행에 맡길 수는 있어."

"그게 무슨 소리야?"

"종이쪽지에 별 번호를 적은 다음 서랍에 넣고 열쇠로 잠근단 뜻이다."

"그게 다야?"

"그러면 충분해." 사업가가 말했다.

'그거 재미있군.' 어린 왕자는 생각했다. '좀 시적이긴 하네. 하지만 중요한 일은 아니야.'

어린 왕자에게 중요한 일이란 어른들이 생각하는 중요한 일과는

크게 달랐다.

"나는." 어린 왕자는 말했다. "매일 물을 주는 꽃 한 송이를 소유하고 있어. 매주 청소를 해주는 화산도 세 개 소유하고 있지. 하나는 불 꺼진 화산이지만 그것도 청소를 해줘. 혹시 모르니까. 내가 화산이랑 꽃을 소유하는 건 화산한테도 꽃한테도 도움이 돼. 하지만 아저씨는 별한테 아무 도움이 안 되잖아…."

사업가는 입을 열었으나 대답할 말이 마땅히 없었다. 그리고 어린 왕자는 떠났다.

'어른들이란 정말 엄청 이상해.' 그렇게 생각하면서 어린 왕자는 여행길을 재촉했다.

14

다섯 번째 행성은 아주 이상했다. 행성 중에서 제일 작은 행성이었다. 겨우 가로등 하나와 가로등을 켜는 점등원 한 명이 서 있을 정도였다. 사람 하나, 집 한 채 없는 행성에 어디에 쓴다고 가로등이 있는 것이며 또 가로등을 켜는 사람은 왜 필요한지 도무지 알 수가 없었다. 그러나 어린 왕자는 이렇게 생각했다.

'틀림없이 어처구니없는 아저씨일 거야. 이 아저씨도 임금님이나 우쭐꾼 아저씨나 사업가 아저씨나 주정뱅이 아저씨만큼 어처구니없지만 적어도 이 아저씨가 하는 일에는 의미가 있어. 가로등을 켜면 아저씨에게는 별 하나, 꽃 한 송이가 더 생기는 거잖아. 가로등을 끄면 꽃이랑 별을 재우는 거고. 참 아름다운 일이야. 아름다우니까 참 좋은 일이지.'

행성에 도착한 어린 왕자는 점등원에게 공손하게 인사를 했다.

"안녕, 아저씨. 방금 왜 가로등을 껐어?"

"규칙이거든." 점등원이 대답했다. "좋은 아침이구나."

"무슨 규칙인데?"

"가로등을 끄라는 규칙. 잘 자거라."

그러고는 다시 가로등을 켰다.

"그런데 왜 또 다시 켜?"

"규칙이거든." 점등원이 대답했다.

"무슨 말인지 모르겠어."

"이해할 거 없어." 점등원이 말했다. "규칙은 규칙이니까. 좋은 아침이구나."

다시 가로등이 꺼졌다. 점등원은 붉은 네모 무늬 손수건으로 이마를 훔쳐냈다.

"내 직업은 정말 끔찍해. 옛날에는 할 만했지. 아침에 끄고 저녁에 켜고. 낮에는 쉬고 밤에는 잠을 자고."

"그럼 나중에 규칙이 바뀐 거야?"

"규칙은 바뀌지 않았어." 점등원이 말했다. "그게 비극이지. 해가 지날수록 세상은 점점 빨리 도는데 규칙은 바뀌지 않았단 말이야!"

"그래서?" 어린 왕자가 물었다.

"그래서 지금은 일 분에 한 바퀴씩 돌아. 일 초도 쉴 새가 없다구. 일 분에 한 번씩 가로등을 껐다 켰다 해야 하니까!"

"아, 우스워라. 아저씨네 별에선 하루가 일 분인 거네!"

"전혀 우습지 않아!" 점등원이 말했다. "우리가 이야기하는 동안 벌써 한 달이 지나갔다구."

내 직업은 정말 끔찍해.

"한 달?"

"그래, 삼십 분. 삼십 일. 잘 자거라."

점등원은 다시 가로등을 켰다.

규칙에 충실히 따르는 점등원을 지켜보고 있노라니 어린 왕자는 점등원이 좋아진 기분이 들었다. 어린 왕자는 예전에 노을을 보려고 의자를 조금씩 조금씩 옮겼던 일이 생각났다. 그리고 점등원을 도와주고 싶었다.

"있지." 어린 왕자가 말했다. "쉬고 싶을 때 쉴 수 있는 방법을 아는데…."

"난 항상 쉬고 싶어." 점등원이 말했다.

규칙을 잘 지키면서도 게으를 수 있다. 어린 왕자는 말을 이었다. "아저씨 별은 아주 작으니까 세 발짝만 걸어도 한 바퀴를 돌 수 있어. 아저씬 조금 천천히 걸어가서 항상 해가 비치는 데 있으면 돼. 쉬고 싶을 땐 걸어. 그러면 원하는 만큼 낮이 계속 될 거야."

"그건 별로 도움이 안 되겠는 걸." 점등원이 말했다. "내 인생 최고의 낙은 잠자는 거니까."

"아저씬 운이 없네." 어린 왕자가 말했다.

"난 운이 없지." 점등원이 말했다. "좋은 아침이구나."

그리고 다시 불을 껐다.

어린 왕자는 더 먼 곳으로 떠나면서 생각했다. '임금님이나 우쭐꾼 아저씨나 주정뱅이 아저씨나 사업가 아저씨는 가로등 켜는 아저씨를 하찮게 여기겠지. 그래도 어처구니없어 보이지 않는 사람은 이 아저씨뿐인 걸. 그건 아마 자기 말고 다른 사람을 위한 일을 중요하게 생각하기 때문일 거야.'

안타까운 한숨을 내쉬고 어린 왕자는 또 혼자 생각했다.

'친구 삼을 만한 건 이 아저씨 딱 한 명뿐이야. 하지만 정말 별이 너무 작은 걸. 두 명이 있을 자리는 없어….'

스물네 시간에 천사백사십 번이나 노을이 축복을 해주는 이 행성을 떠나는 것이 무엇보다 섭섭했다는 말을 어린 왕자는 차마 할 수 없었다.

15

여섯 번째 행성은 점등원이 사는 행성보다 열 배는 더 컸다. 거기에는 커다란 책을 쓰고 있는 나이 지긋한 신사 하나가 살고 있었다.

"와! 탐험가가 오는구나!" 어린 왕자가 오는 걸 보고 외쳤다.

어린 왕자는 책상 위에 걸터앉아 가쁜 숨을 몰아쉬었다. 이미 너무 많은 곳을 여행한 것이다!

"넌 어디서 왔니?" 노신사가 말했다.

"그 커다란 책은 뭐예요?" 어린 왕자는 말했다. "무슨 일 해요?"

"난 지리학자란다." 노신사가 대답했다.

"지리학자가 뭔데요?"

"모든 바다와 강과 마을과 산과 사막이 어디 있는지 알고 있는 학자를 말한단다."

"참 재미있겠네요." 어린 왕자가 말했다. "드디어 멋진 직업을 가진 사람을 만났네요." 그리고 지리학자의 행성을 힐끔 둘러보았다. 이렇게 거대한 행성은 본 적이 없었다.

"예쁜 별이네요. 바다도 있나요?"

"모르겠다." 지리학자가 말했다.

"에이(어린 왕자는 실망했다)! 산은 있나요?"

"모르겠다." 지리학자는 말했다.

"마을은요? 강은요? 사막은요?"

"그것도 모르겠다."

"하지만 할아버진 지리학자잖아요!"

"그래." 지리학자가 대답했다. "그렇지만 난 탐험가는 아니란다. 내 행성에는 탐험가가 없어. 지리학자는 마을과 강과 산과 바다와 사막을 찾으러 다니지 않아. 밖으로 나다니기엔 지리학자는 너무나 중요한 사람이라서 책상을 떠나지 않아. 대신 탐험가들을 만나지. 만나서 질문을 하고 그들이 기억해내는 것을 기록하지. 그중에 흥미로운

게 있으면 지리학자는 탐험가의 성품을 조사해."

"그건 왜요?"

"거짓말 하는 탐험가는 지리학자의 책에 재앙을 일으키니까. 술을 너무 많이 마시는 탐험가도 마찬가지고."

"그건 왜요?" 어린 왕자가 물었다.

"술 취한 사람 눈에는 뭐든지 둘로 보인단다. 그러면 지리학자는 산이 하나 뿐이 없는 곳인데 둘 있다고 적을 테지."

"형편없는 탐험가가 될 사람을 하나 알아요." 어린 왕자가 말했다.

"그럴 수도 있지. 탐험가의 성품이 훌륭하다면 그가 발견한 것을 조사한단다."

"직접 보러 가나요?"

"아니. 그건 너무 번거로워. 그래서 탐험가에게 증거를 내놓으라고 요구하지. 예를 들어, 커다란 산을 발견했다면 거기서 커다란 돌을 가져오라고 요구해."

갑자기 지리학자가 야단법석을 떨었다.

"그런데, 너 아주 멀리서 온 거로구나! 넌 탐험가야! 네 행성에 대해 말해보거라!"

지리학자는 커다란 공책을 펼쳐놓고 연필을 깎기 시작했다. 탐험가에게 들은 이야기는 일단 연필로 적어둔다. 탐험가가 증거를 제시해야만 잉크로 기록된다.

"자." 지리학자는 기대에 가득 차서 말했다.

"아, 내 별이요?" 어린 왕자가 입을 열었다. "하나도 재미가 없어요. 아주 작구요, 그리고 화산이 셋 있어요. 두 개는 불을 뿜구요, 하나는 불이 꺼졌어요. 하지만 혹시 몰라요."

"혹시… 모른다…." 지리학자가 말했다.

"꽃도 한 송이 있어요."

"꽃은 기록하지 않는다." 지리학자는 말했다.

"왜요? 아주 예쁜데!"

"일시적인 것이니까."

"무슨 뜻이에요? '일시적'이라는 건?"

"지리학책은." 노신사는 말했다. "책 중에서 가장 위대한 책이야. 절대 구식이 되어선 안 돼. 산은 자리를 옮기는 일이 거의 없지. 바다에서 물이 전부 빠져나가는 일도 거의 없고. 우리는 영원한 것만 기록한단다."

"하지만 불 꺼진 화산이 다시 살아날지 몰라요." 어린 왕자가 끼어들었다. "그런데 '일시적'이라는 건 무슨 뜻이에요?"

"화산이 불을 뿜든 안 뿜든 우리에겐 다 똑같아." 지리학자가 말했다. "그게 산이라는 게 중요한 거야. 산은 변하지 않으니까."

"그런데 '일시적'이라는 건 무슨 뜻이에요?" 한번 물어봤다 하면 절대 그냥 넘어가지 않는 어린 왕자가 되풀이했다.

"그건, '머지않아 사라져버릴지도 모른다'는 뜻이다."

"그럼, 내 꽃은 머지않아 사라져버릴지도 모르는 건가요?"

"그렇고말고."

'내 꽃은 일시적이구나.' 어린 왕자는 생각했다. '내 꽃은 고작 가시 네 개로 세상과 싸워 자기를 지켜야 해. 그런데 내가 외톨이로 남겨두었어!'

그때가 어린 왕자가 처음으로 후회한 순간이었다. 그러나 용기를 냈다.

"이제 어디로 가야 좋을까요?" 어린 왕자가 물었다.
"지구라는 행성." 지리학자가 대답했다. "평판이 좋더구나."
그리하여 어린 왕자는 길을 나섰다. 두고 온 꽃을 생각하면서.

16

일곱 번째 행성은 그래서 지구였다.

지구는 평범한 행성이 아니다! 백열한 명이나 되는 왕(흑인 나라 왕도 포함된다는 걸 잊지 말도록)이 있고, 지리학자가 칠천 명, 사업가가 구십만 명, 주정뱅이가 칠백오십만 명, 우쭐꾼 삼억 천백만 명과 기타 등등, 다 해서 약 이십억 명의 어른들이 있다. 지구의 크기를 짐작할 수 있는 이야기를 하나 해주자면, 전기가 발명되기 전에는 오대양 육대주의 가로등을 유지하기 위해 총 사십육만 이천오백열한 명이나 되는 점등원 군단이 필요했다는 것이다.

조금 떨어진 곳에서 보면 이것은 환상적인 분위기를 연출한다. 점등원 군단은 오페라 무용수들처럼 일사불란하게 움직인다. 맨 처음은 뉴질랜드와 오스트레일리아 점등원이다. 그들은 가로등에 불을 켜놓고 잠을 자러 간다. 그러면 중국과 시베리아 점등원이 무대에 올랐다가 파도처럼 물러난다. 다음은 러시아와 인도 점등원 차례다. 그 다음이 아프리카와 유럽이고, 북아메리카, 남아메리카 순서다. 점등원들은 등장하는 순서를 틀리는 법이 없다. 참으로 장엄한 광경이다.

북극에서 하나밖에 없는 가로등을 맡고 있는 점등원과 그의 동료인 남극에서 하나밖에 없는 가로등을 맡고 있는 점등원 오직 두 사람만이 한가롭고 태평스럽게 산다. 그들은 일 년에 딱 두 번 일을 하기 때문이다.

17

재밌게 말하고 싶을 땐 간혹 사소한 거짓말을 보태기도 한다. 가로등 점등원에 대한 얘기가 아주 정직하다고는 할 수 없다. 어쩌면 내가 우리 행성을 모르는 이들에게 지구에 대한 잘못된 인식을 심어줬을 지도 모르겠다. 사실 지구 위에서 사람들이 차지하는 자리는 아주 작다. 지구에 사는 이십억 어른들을 어떤 큰 집회에서처럼 다닥다닥 붙여 세워놓는다면 가로 이십 마일 세로 이십 마일의 광장으로도 충분하다. 전 인류를 태평양에서 가장 작은 섬 위에 차곡차곡 쌓아놓을 수도 있다.

어른들은 물론 이 말을 믿지 않을 것이다. 자기들이 자리를 굉장히 많이 차지한다고 생각한다. 자기들이 바오밥나무처럼 거대하다고 생각한다. 그러면 어른들한테 계산을 한번 해보라고 말해주면 된다. 어른들은 숫자를 아주 좋아하니까 분명 기뻐할 것이다. 그러나 당신은 이런 일로 시간을 낭비하지 마시라. 그건 쓸데없는 일이다. 당신은 아마 내 말을 믿을 것이다.

지구에 도착한 어린 왕자는 아무도 보이지 않아 크게 놀랐다. 다른 행성에 잘못 떨어진 게 아닌지 슬슬 걱정되기 시작했을 무렵 모래 위에서 금색 똬리가 달빛을 받아 반짝였다.

"안녕." 어린 왕자가 상냥하게 인사를 건넸다.

"안녕." 뱀이 말했다.

"내가 떨어진 여긴 무슨 별이니?" 어린 왕자가 물었다.

"지구. 넌 아프리카에 떨어진 거야." 뱀이 대답했다.

"그렇구나. 그럼 지구엔 사람이 없어?"

"여긴 사막이야. 사막엔 사람이 없어. 지구는 아주 크거든." 뱀이 말했다.

어린 왕자는 바위 위에 앉아 눈을 들어 하늘을 올려다봤다.

"별들은." 어린 왕자가 말했다. "사람들이 자기를 찾을 수 있도록 저렇게 빛을 내는 거겠지. 내 별을 좀 봐. 바로 머리 위에 있어. 하지만 참 멀기도 해라."

"예쁜 별이구나." 뱀이 말했다. "여긴 왜 온 거니?"

"어떤 꽃하고 좀 싸웠어." 어린 왕자가 말했다.

"그렇군." 뱀이 대답했다.

그리고 둘이는 서로 말이 없었다.

"사람들은 어디 있어?" 어린 왕자가 마침내 입을 열었다. "사막은 좀 외로워…."

"사람들 사이에 있어도 외로운 건 마찬가지야." 뱀이 말했다.

어린 왕자는 뱀을 물끄러미 바라보았다.

"넌 재밌게 생겼구나." 어린 왕자가 말했다. "손가락만큼 가느다랗고…."

"하지만 난 임금님 손가락보다도 힘이 세지." 뱀이 말했다.

어린 왕자는 미소를 지었다.

"아주 세진 않아. 발도 없잖아. 여행도 못 하고…."

"하지만 난 어떤 배보다도 멀리 너를 데려다줄 수가 있어."

뱀은 어린 왕자의 발목에 금팔찌처럼 몸을 휘감았다.

"내가 물면 그 누구든 원래 모습인 흙으로 돌아가게 돼." 뱀이 다시 말했다. "하지만 넌 아무 죄도 없고 다른 별에서 왔으니…."

어린 왕자는 대답하지 않았다.

"가엾어라. 바위투성이 지구에선 넌 너무 연약해." 뱀이 말했다.

넌 재밌게 생겼구나.

"언젠가 고향별이 너무나 그리워지는 날, 내가….."

"그래! 잘 알았어." 어린 왕자가 말했다. "그런데 넌 왜 항상 수수께끼 같은 말만 하니?"

"내가 모두 풀어줄 테니까." 뱀이 말했다.

그리고 둘 다 말이 없다.

18

어린 왕자가 사막을 건너는 동안 만난 것이라곤 오직 꽃 한 송이뿐이었다. 꽃잎이 석 장 달린 볼품없는 꽃이었다.

"안녕." 어린 왕자가 말했다.

"안녕." 꽃이 대답했다.

"사람들은 어디에 있는 거니?" 어린 왕자가 물었다.

언젠가 카라반들이 지나가는 것을 꽃은 본 적이 있었다.

"사람들? 한 예닐곱쯤 있는 것 같던데. 몇 해 전에 봤거든. 하지만 어딜 가야 찾을는지는 몰라. 바람에 날아갔거든. 사람들은 뿌리가 없어서 고달플 거야."

"잘 있어." 어린 왕자가 말했다.

"잘 가." 꽃이 말했다.

19

그러고 나서, 어린 왕자는 높은 산엘 올랐다. 어린 왕자가 아는 산이라곤 무릎까지 오는 화산 셋이 고작이었다. 불 꺼진 화산은 발 받침대로 쓰곤 했다. '이렇게 높은 산에서는.' 어린 왕자는 생각했다. '이 별하고 이 별에 사는 사람들 전부를 한 눈에 볼 수 있을 거야….'

그러나 바늘처럼 뾰족한 바위산 꼭대기 말고는 아무것도 보이지 않았다.

"안녕." 어린 왕자가 정중하게 인사를 했다.

"안녀엉… 안녀엉… 안녀엉…." 메아리가 대답했다.

"넌 누구니?" 어린 왕자가 물었다.

"넌 누구니이… 누구니이… 누구니이…." 메아리가 대답했다.

"나랑 친구 하자. 난 외톨이야."

어린 왕자가 말했다.

"외톨이야아… 톨이야아…."

메아리가 답했다.

'참 괴상스런 별 다 보겠네.' 어린 왕자는 생각했다. '온통 메마르고 온통 뾰쪽하고 온통 거칠잖아. 게다가 사람들은 상상력도 없나봐. 다른 사람이 한 말만 따라 하잖아. 내 별에는 항상 먼저 말을 걸어주는 꽃이 있는데….'

20

모래밭과 돌밭과 눈밭을 가로질러 걷기를 한참. 마침내 어린 왕자는 길을 하나 만났다. 길은 사람 사는 곳으로 이어지는 법.

"안녕." 어린 왕자가 인사를 했다.

장미꽃이 활짝 핀 정원 앞에 어린 왕자는 서 있었다.

"안녕." 장미꽃들이 인사를 했다.

어린 왕자는 꽃들을 유심히 바라보았다. 하나 같이 두고 온 꽃과 똑같이 생겼다.

"너희는 누구니?" 깜짝 놀란 어린 왕자가 물었다.

"우린 장미꽃이야." 꽃들은 말했다.

"아…."

어린 왕자는 슬픔이 북받쳐 올랐다. 어린 왕자의 꽃이 말했었다. 자기처럼 생긴 꽃은 오직 저 하나뿐이라고. 그런데 여기 정원 한 곳에만 그와 똑같이 생긴 꽃이 오천 송이나 있는 것이었다!

"내 꽃이 보면 마음 상할 텐데." 어린 왕자가 웅얼거렸다. "웃음거리가 되지 않으려고 심하게 기침을 하면서 죽는 시늉을 할 거야. 그럼 나도 간호하는 척 해야겠지. 안 그랬다간 내가 죄책감을 느끼게 하려고 정말로 죽어버릴지도 모르니까…."

온통 메마르고 온통 뾰쪽하고 온통 거칠잖아.

그리고 생각했다. '난 내가 부자인 줄 알았어. 세상에 단 하나뿐인 꽃을 가졌으니까. 그런데 그건 흔하디흔한 장미꽃이었던 거야. 그리고 무릎까지 오는 화산 세 개, 그나마도 하나는 아마 영영 꺼져 있겠지…. 그 정도로는 훌륭한 왕자라고 할 수 없어….'

그리고 어린 왕자는 풀밭 위에 엎드려 울었다.

21

여우가 나타난 것은 바로 그때였다.

"안녕." 여우가 인사를 했다.

어린 왕자가 몸을 돌쳐 두리번거렸지만 아무도 보이지 않았다. 그래도 어린 왕자는 공손하게 대답을 했다. "안녕."

"여기야." 목소리가 들렸다. "사과나무 아래."

"넌 누구니." 어린 왕자가 물었다. "참 예쁘구나."

"난 여우야." 여우가 말했다.

"이리 와서 나랑 놀자." 어린 왕자가 부탁을 했다. "나 너무 마음이 아파."

"난 너랑 놀면 안 돼." 여우가 말했다. "길들지 않았거든."

"아, 미안." 어린 왕자가 말했다.

하지만 잠시 생각하더니 다시 입을 열었다.

"길든다는 게 무슨 뜻이야?"

"넌 이 별 아이가 아니지?" 여우가 말했다. "뭘 찾고 있니?"

"난 사람들을 찾고 있어." 어린 왕자가 말했다. "길든다는 게 무슨 말이야?"

"사람들 말야." 여우가 말했다. "총을 가지고 있어. 사냥을 하지. 그래서 참 곤란해. 그리고 닭도 길러. 그게 사람들의 유일한 관심사

거든. 너도 닭을 찾고 있니?"

"아니." 어린 왕자가 말했다. "난 친구를 찾고 있어. 그런데 길든 다는 게 무슨 말이야?"

"사람들이 자주 잊어버리는 행동이지. 그건 '관계를 만든다'는 뜻 이야."

"관계를 만든다고?"

"그래." 여우가 말했다. "지금 넌 수백만 명의 다른 아이들하고 똑 같은 평범한 아이일 뿐이야. 그래서 난 네가 필요 없어. 너도 내가 필요 없을 테고. 아직 나도 그저 수백만 마리 다른 여우하고 똑같은 평범한 여우일 뿐이니까. 하지만 네가 나를 길들이면 우린 서로 필요 해져. 너는 나한테 이 세상에 하나뿐인 특별한 아이가 되는 거고, 나 는 너한테 이 세상에 하나뿐인 특별한 여우가 되는 거지⋯."

"이제 알 거 같아." 어린 왕자가 말했다. "꽃이 날 길들인 거야⋯."

"그럴 수도 있지." 여우가 말했다. "지구에서는 별의별 일들이 다 생기니까."

"아니, 지구에서 있었던 일이 아니야!" 어린 왕자가 말했다. 여우 는 당황하면서도 몹시 궁금한 듯 보였다.

"그럼 다른 별 이야기니?"

"응."

"그 별에 사냥꾼이 있니?"

"아니."

"그래? 그거 이상하군. 그럼 닭은?"

"없어."

"흠, 세상에 완벽한 곳은 없으니까." 여우가 한숨을 쉬었다.

여우는 하던 이야기를 다시 꺼냈다.

"내 삶은 심심하단다." 여우가 말했다. "난 닭을 사냥해. 사람들은 나를 사냥하지. 닭은 전부 비슷하게 생겼고 사람들도 전부 비슷하게 생겼어. 그래서 난 좀 심심해. 그렇지만 네가 나를 길들이면 내 삶은 햇살 같을 거야. 난 네 발소리와 다른 사람 발소리를 구별할 수 있게 되겠지. 다른 사람 발소리는 굴속으로 숨으라는 신호처럼 들릴 거고. 하지만 네 발소리는 숨어 있는 나를 부르는 음악 같을 거야. 그리고 저기! 밀밭 보이지? 난 빵은 안 먹어. 밀은 나한테 아무 소용이 없지. 그래서 밀밭을 봐도 아무 생각이 안 나. 그게 슬퍼. 그런데 넌 금빛 머리칼을 가졌잖아. 네가 나를 길들이면 얼마나 근사한 일이 생길까? 밀밭도 금빛이니까 네가 생각날 거라구. 그리고 바람이 밀밭에 속삭이는 소리를 사랑하게 될 거야."

여우는 오랫동안 어린 왕자를 지그시 쳐다봤다.

"날 길들여줘!" 여우가 말했다.

"그럴게." 어린 왕자는 대답했다. "하지만 시간이 별로 없어. 친구도 찾아야 하고 알고 싶은 것도 너무 많아."

"우리는 길들인 것만 알 수가 있어." 여우가 말했다. "사람들은 이제 무언가를 알아갈 시간이 없어. 가게에서 이미 만들어져 있는 물건을 사. 하지만 친구는 가게에서 팔지 않아. 그래서 사람들한텐 친구가 없어. 친구를 갖고 싶으면 나를 길들여…"

"널 길들이려면 뭘 해야 해?" 어린 왕자가 물었다.

"참을성이 있어야 해." 여우가 대답했다. "일단은 내 옆에, 조금 멀찌감치, 그렇게 풀숲에 앉는 거야. 난 너를 흘끔흘끔 쳐다볼 거야. 넌 아무 말도 아직은 하지 마. 말 때문에 오해가 생기거든. 그리고 매일 조금씩 가까이 다가와 앉는 거야….”

이튿날, 어린 왕자가 다시 여우에게 왔다.

“매일 같은 시간에 오면 더 좋아.” 여우가 말했다. “네가 만약, 예를 들어 오후 네 시에 온다면 난 세 시부터 행복해지기 시작할 거야. 시간이 갈수록 난 더 행복해지겠지. 네 시가 지나면 걱정이 되어 안절부절 못 할 거야. 난 행복이 얼마나 값진 건지 알게 될 거라구! 하지만 네가 아무 때나 찾아온다면 널 맞아들일 마음의 의식을 몇 시에 치러야 하는지 알 수가 없게 돼.

“의식이 뭔데?” 어린 왕자가 물었다.

“그것도 사람들이 자주 잊어버리는 행동이지.” 여우가 말했다. “의식은 평범한 날을 특별한 날로 만들어주고 평범한 시간을 특별한 시간으로 만들어 줘. 예를 들면, 내가 아는 사냥꾼들에게도 의식이 있어. 목요일마다 마을 아가씨들하고 춤을 추는 의식. 그래서 목요일은 신 나는 날이야! 포도밭까지 산보를 가도 되거든. 그런데 만약 사냥꾼들이 아무 때나 춤을 춘다면 하루하루가 그냥 똑같을 거야. 하루도 마음 편히 쉴 수 없을 테고.”

그래서 어린 왕자는 여우를 길들였다. 그리고 어린 왕자가 떠날 시간이 가까워졌다.

“아.” 여우가 말했다. “나 울 거야.”

“그건 네 탓이야.” 어린 왕자가 말했다. “네 마음을 아프게 하고 싶지 않았어. 하지만 네가 길들여달라고 했잖아….”

“그래, 맞아.” 여우가 말했다.

“그런데 네가 울려고 하잖아!” 어린 왕

네가 만약 오후 네 시에 온다면
난 세 시부터 행복해지기 시작할 거야.

자가 말했다.

"그래, 맞아." 여우가 말했다.

"너한테 좋을 게 하나도 없잖아!"

"있어." 여우가 말했다. "저 밀밭 색깔 때문이야."

그리고 덧붙였다.

"가서 장미꽃들을 다시 만나봐. 네 꽃이 이 세상에 오직 하나뿐인 특별한 꽃이라는 걸 깨닫게 될 거야. 그리고 작별인사를 하러 와줘. 그러면 비밀을 하나 선물할게."

어린 왕자는 장미꽃들을 보러 가버렸다.

"내 장미꽃이랑 하나도 닮지 않았어." 어린 왕자가 말했다. "너희는 나한테 아직 어떤 의미도 없어. 아무도 너희를 길들이지 않았고, 너희도 누굴 길들이지 않았어. 여우를 처음 만났을 때랑 똑같아. 그땐 그냥 수백만 마리 다른 여우들과 똑같은 여우일 뿐이었어. 그렇지만 우린 친구가 되었지. 그래서 지금은 세상에 하나뿐인 특별한 여우야."

장미꽃들은 부끄러워졌다.

"너희는 예쁘지만 텅 비었어." 어린 왕자가 말을 이었다. "아무도 너희를 위해 죽지 않을 거야. 지나가는 사람들은 내 장미꽃을 보고 너희랑 똑같다고 하겠지. 하지만 내 장미꽃 한 송이가 수백 송이 장미꽃보다 훨씬 더 소중해. 내가 물을 준 장미꽃이니까. 내가 바람막이 뒤로 숨겨준 꽃이니까. 내가 벌레를 잡아준 꽃이니까(나비로 만들려고 두세 마리 남겨둔 것 빼고). 투덜대는 것도, 잘난척하는 것도, 토라져 아무 말 없을 때조차 내가 다 들어줬으니까. 내 장미꽃이니까."

그리고 어린 왕자는 여우에게 돌아갔다.

"잘 있어." 어린 왕자가 말했다.

그리고 어린 왕자는 풀밭 위에 엎드려 울었다. p.p. 66

"잘 가." 여우가 말했다. "그럼 내 비밀을 알려줄게. 아주 평범한 비밀을. 마음으로 봐야 또렷하게 보이는 거야. 정말로 중요한 건 눈에 보이지 않거든."

"정말로 중요한 건 눈에 보이지 않거든…." 마음에 새기기 위해 어린 왕자는 되뇌었다.

"네 장미꽃을 그토록 소중한 존재로 만들어준 건 바로 네가 장미꽃을 위해 쓴 시간이야."

"내가 장미꽃을 위해 쓴 시간이야…." 마음에 새기기 위해 어린 왕자는 되뇌었다.

"사람들은 그 진실을 잊은 거야." 여우가 말했다. "그렇지만 넌 잊으면 안 돼. 네가 길들인 것은 영원히 네가 책임져야 해. 넌 네 장미꽃을 책임져야 해."

"나는 장미꽃을 책임져야 해…." 마음에 새기기 위해 어린 왕자는 되뇌었다.

22

"안녕." 어린 왕자가 인사를 했다.

"안녕." 역장이 인사했다.

"아저씬 뭐하는 사람이야?" 어린 왕자가 물었다.

"승객을 천 명 단위로 나눠 기차에 태운단다." 역장이 말했다. "그리고 승객이 탄 기차를 보내는 거지. 어떨 때는 오른쪽으로, 어떨 때는 왼쪽으로."

휘황찬란하게 불을 밝힌 급행열차가 천둥처럼 으르렁거리며 기차

역을 뒤흔들며 돌진해왔다.

"저 사람들은 아주 바쁜가봐." 어린 왕자가 말했다. "뭘 찾으러 가는 걸까?"

"그건 기관사도 몰라." 역장이 말했다.

그때 반대쪽에서도 휘황찬란하게 불을 밝힌 두 번째 급행열차가 천둥소리를 냈다.

"벌써 돌아오는 거야?" 어린 왕자가 물었다.

"아까 그 사람들이 아니야." 역장이 말했다. "자리를 바꾸는 거야."

"자기가 있던 곳에 만족하지 않는 거야?" 어린 왕자가 물었다.

"자기가 있는 곳에 만족하는 사람은 없어." 역장이 말했다.

그리고 휘황찬란하게 불을 밝힌 세 번째 급행열차가 내는 천둥소리가 들렸다.

"먼젓번 사람들을 쫓아가는 거야?" 어린 왕자가 물었다.

"아무것도 쫓아가지 않아." 역장이 말했다. "사람들은 기차 안에서 잠을 자. 하품을 하든가. 아이들만 차창에 코를 박고 밖을 내다보지."

"뭘 찾고 있는지 아는 건 아이들뿐이거든." 어린 왕자가 말했다. "아이들은 인형과 놀아주느라 시간을 써. 그래서 아이들한테 인형은 아주 소중한 거야. 만약 인형을 빼앗으면 아이들은 울 거야…."

"아이들은 행복하겠군." 역장이 말했다.

23

"안녕." 어린 왕자가 말했다.

"안녕." 장사꾼이 말했다.

장사꾼은 갈증을 없애주는 알약을 팔고 있었다. 일주일에 딱 한 알만 먹으면 갈증을 느끼지 않을 거라고 했다.

"그런 건 왜 팔아?" 어린 왕자가 말했다.

"아주 많은 시간을 아낄 수 있게 해주거든." 장사꾼이 말했다. "전문가들이 계산을 했는데, 일주일에 오십삼 분을 아낄 수 있다는구나."

"그 오십삼 분으로 뭘 하는데?"

"하고 싶은 걸 하지…."

"나는." 어린 왕자가 말했다. "오십삼 분이 남는다면 샘까지 천천히 걸어갈 거야."

24

사막에서 사고를 당한지 여드레째 되는 날, 남은 물을 마지막 한 방울까지 들이켜며 장사꾼에 대한 이야기를 듣고 있었다.

"아!" 난 어린 왕자에게 말했다. "참 재밌는 일을 겪었구나. 하지만 난 아직 비행기를 고치지 못했어. 마실 물도 이제 더는 없어. 나도 샘까지 천천히 걸어갈 수 있다면 좋을 텐데!"

"내 친구 여우가…." 어린 왕자가 말했다.

"이봐, 꼬마 친구. 지금 여우가 문제가 아니야!"

"왜?"

"난 이제 목말라 죽을 거니까…."

어린 왕자는 내 말을 이해하지 못했는지 이렇게 말했다.

"이제 죽을 거라도 친구가 있었다는 건 좋은 거야. 나는 말야, 여우 친구가 있었다는 게 좋아…."

'위험이 뭔지도 모르나보군.' 난 생각했다. '배고파하지도, 목말라하지도 않잖아. 이 아이에겐 한 줄기 햇살만 있으면….'

하지만 어린 왕자는 나를 뚫어져라 바라보더니, 내 생각에 대답을 했다.

"나도 목은 마르다구. 우물 찾으러 가자…."

나는 소용없다는 몸짓을 했다. 광활한 사막에서 무턱대고 우물을 찾아 나선다는 건 말도 안 되는 일이다. 그렇지만 우리는 걷기 시작했다.

그렇게 터덜터덜 말없이 걷기를 몇 시간. 어둠이 내리고 별들이 빛을 내기 시작했다. 갈증 때문에 열이 약간 오른 탓인지, 별바다가 꿈결인 양 보였다. 어린 왕자의 한마디가 내 기억 속에 얽혀 들어왔다.

"너도 목이 마른 거니?" 나는 물었다.

어린 왕자는 내 질문에 아랑곳 않고 그저 자기 말만 했다.

"물은 마음에도 좋은 거야…."

알아들을 수가 없었다. 그러나 더는 아무것도 묻지 않았다. 어린 왕자에게 질문을 해선 안 된다는 것을 난 잘 알고 있었다.

어린 왕자는 지쳤는지 자리에 주저앉았다. 나도 그 옆에 앉았다. 잠깐 침묵이 흐르고 어린 왕자가 다시 입을 뗐다.

"보이지 않는 꽃 한 송이 때문에 별들이 아름다운 거야."

나는 대답했다. "그래, 그렇구나." 그러고는 쏟아지는 달빛 아래 펼쳐진 모래 언덕을 말없이 건너다보았다.

"사막은 예뻐." 어린 왕자가 다시금 말했다.

정말 그랬다. 난 언제나 사막을 사랑했다. 사막 모래언덕 위에 앉아 있노라니 무엇 하나 보이지도 들리지도 않는다. 그러나 고요 속에서도 무언가는 반짝인다.

"사막이 아름다운 건." 어린 왕자가 말했다. "어딘가에 우물을 숨겨뒀기 때문이야…."

사막이 뿜어내는 신비로움이 무엇인지 문득 깨닫게 된 나는 흠칫 놀랐다. 어렸을 적에 난 오래된 낡은 집에 살았는데, 전설에 의하면 그 집에는 보물이 묻혀 있었다. 물론 보물을 찾아낸 사람은 없었는데, 아마 찾으려고 한 사람도 없었을 것이다. 하지만 그런 사실이 우리 집에 마법을 걸었다. 우리 집은 심장 깊숙한 곳에 비밀을 감추고 있었던 것이다….

"그렇구나." 난 어린 왕자에게 대답을 했다. "눈에 보이지 않는 그 무엇이 우리 집, 저 별, 이 사막을 아름답게 만들어주는 거로구나!"

"난 기뻐." 어린 왕자가 말했다. "아저씨가 내 여우랑 같은 생각을 해서."

그렇게 말하고 곧 잠에 빠져들어서, 난 어린 왕자를 들쳐 안고 다시 걷기 시작했다. 가슴이 뭉클했다. 마치 깨지기 쉬운 보물을 안고 있는 느낌이었다. 이 지구상에 이보다 더 부서지기 쉬운 것은 없으

어린 왕자가 씩 웃더니 밧줄을 도르래에 걸고 잡아당겼다.

리라. 그런 기분이 들었다. 달빛 속에서 어린 왕자의 창백한 그 이마와, 감긴 두 눈과, 바람에 흩날리는 금빛 머리카락을 바라보면서 나는 생각했다. '지금 여기 보이는 건 껍데기에 지나지 않을 테지. 가장 중요한 건 눈에 보이지 않는 법이니까….'

그때 마치 배시시 미소 짓듯, 어린 왕자의 입술이 살짝 열렸다. 나는 생각했다. '잠든 동안에도 불꽃처럼 뿜어져 나오는 꽃에 대한 책임감이 나를 이리도 감동시키는 것이리라….' 그런 생각을 하니 어린 왕자가 더더욱 부서지기 쉬운 존재라고 생각되었다. 불꽃을 지켜줘야 한다. 한줄기 바람에도 꺼져버릴 수 있기에….

그렇게 나는 계속 걸었고, 동틀 녘, 우물을 찾아냈다.

25

"사람들은." 어린 왕자가 말했다. "급행열차를 타고 가지만, 뭘 찾으러 가는지도 몰라. 그래서 허둥지둥 제자리를 맴돌지."

그리고 다시 말을 이었다.

"그래 봐야 아무 소용도 없는데…."

우리가 찾아낸 우물은 사하라 사막의 다른 우물하고는 달랐다. 사하라의 우물은 그저 모래에 파놓은 구멍처럼 생겼다. 하지만 이건 마을에 흔히 있는 우물처럼 생겼다.

하지만 마을은 없었다. 그래서 나는 이게 꿈이라고 생각했다.

"이상한데." 내가 말했다. "전부 있어. 도르래 하고 두레박, 밧줄까지…."

어린 왕자가 씩 웃더니 밧줄을 도르래에 걸고 잡아당겼다. 오래 전

바람에게 버림받은 낡은 풍향계 돌아가듯 삐거덕 소리가 났다.

"들려?" 어린 왕자가 말했다. "우리가 우물을 깨웠어. 우물이 노래를 해…."

난 어린 왕자를 지치게 하고 싶지 않았다.

"이리 내." 내가 말했다. "너한텐 너무 무거워."

나는 천천히 두레박을 끌어 올렸다. 그리고 우물 가장자리에 걸터앉았다. 도르래의 노랫소리와 찰랑이는 물소리가 아직도 귓가에서 맴돈다. 아른거리는 햇살이 여전히 눈에 선하다.

"이 물 마시고 싶어." 어린 왕자가 말했다. "좀 줘봐."

어린 왕자가 하려던 말이 무엇인지 나는 깨달았다!

나는 두레박을 들어 입술에 대주었다. 어린 왕자는 눈을 감고 물을 마셨다. 물은 아기처럼 달콤했다. 별빛 방황과 도르래의 노래와 두 팔의 수고로움에서 태어난 물이다. 이 물은 마음에 좋은 물이다. 마치 선물처럼. 크리스마스트리 불빛과 자정 미사 음악과 사람들의 온화한 미소가 뿜어져 나오는 여섯 살 적 성탄절 선물처럼.

"아저씨 별에 사는 사람들은." 어린 왕자가 말했다. "정원 하나에 오천 송이나 되는 장미꽃을 기르고 있지만, 거기서는 원하는 것을 찾지 못해…."

"그래, 찾지 못하지." 내가 대답했다.

"그건 한 송이 장미꽃에도 있고 한 모금 물에도 있는데 말이야."

그리고 어린 왕자가 말을 이었다.

"하지만 눈으로는 보지를 못해. 마음으로 봐야지."

나도 물을 들이켰다. 숨 쉬는 게 수월해졌다. 해가 돋으면 모래는 꿀색이다. 고작 꿀색 모래에도 나는 행복해졌다.

그런데 가슴이 아픈 건 왜일까?

"약속 지켜야 해." 내 옆으로 다가앉으면서 어린 왕자가 가만히 말했다.

"무슨 약속?"

"그거… 양한테 씌울 입마개… 난 꽃을 책임져야 해…."

나는 끼적거렸던 그림들을 주머니에서 끄집어냈다. 어린 왕자는 한번 훑어보더니 웃으면서 말하는 것이었다.

"아저씨가 그린 바오밥나무, 꼭 양배추 같아."

"그래?"

그래도 바오밥나무는 꽤 자신 있었는데!

"여우는, 귀가 무슨 뿔처럼 생겼어. 너무 길고."

어린 왕자는 깔깔 웃었다.

"못됐구나." 난 말했다. "속이 보이는 보아뱀 하고 안 보이는 보아뱀 말고는 그릴 줄 모른다구."

"괜찮아." 어린 왕자가 말했다. "아이들은 다 아니까."

그래서 나는 펜으로 입마개를 그렸다. 그걸 건네주는 내 가슴은 미어질 것 같았다.

"내가 모르는 일이 있구나, 너." 나는 말했다.

하지만 어린 왕자는 대답이 없다. 대신 이렇게 말했다.

"있지, 내가 지구에 떨어진 지도… 내일이면 꼭 일 년이 돼."

잠시 숨을 가다듬더니, 다시 말을 이어갔다.

"바로 이 근처야."

어린 왕자는 얼굴을 붉혔다.

그러자 또 한 번, 까닭 모를 낯선 서러움이 밀려왔다. 그리고 한 가지 의문이 떠올랐다.

"일주일 전에, 우리가 처음 만난 날 아침에, 사람 사는 곳에서 수만 리 떨어진 이 사막 한가운데를 너 혼자 걷고 있었던 건 우연이 아니구나. 처음 왔던 곳으로 돌아가는 길이었던 거야."

어린 왕자의 뺨이 다시 한 번 붉어졌다.

머뭇거리면서 나는 말을 이었다.

"일 년이 되는 날이기 때문이지?"

어린 왕자는 또 얼굴이 붉어졌다. 대답하진 않았으나 얼굴을 붉혔다는 건 그렇다는 뜻이다. 안 그렇겠는가?

"그런 거구나!" 난 말했다. "난 겁이 나…."

하지만 어린 왕자는 이렇게 대답했다.

"아저씬 이제 일 해야지. 아저씨 물건한테 돌아가. 난 여기서 기다리고 있을 거니까. 내일 저녁에는 돌아와야 해…."

그러나 나는 마음을 놓을 수가 없었다. 여우 생각이 났기 때문이다. 길이 들면 울게 되니까….

26

우물 옆에는 오래된 돌담의 잔해가 있었다.

다음 날 저녁, 일을 마치고 돌아오는 길에 보니 어린 왕자가 저 멀리 다 쓰러져가는 담벼락 위에 다리를 늘어뜨리고 앉아 있었다. 어린 왕자가 뭐라 말하는 소리가 들렸다.

"그렇게 모르겠니? 여긴 아니야."

누가 말을 걸었는지, 어린 왕자는 대꾸를 했다.

"그래, 그래! 오늘이야. 하지만 여기는 아니라구."

담벼락 쪽으로 나는 계속 걸었다. 아무도 안 보이고 아무 소리도 안 들렸다. 하지만 어린 왕자는 다시 대답을 하는 게 아닌가.

"…그래. 모래 위에 내 발자국이 시작된 데가 있을 거야. 거기서 날 기다리기만 하면 돼. 오늘 밤에 갈 게."

담벼락까지 고작 이십 미터인데 여전히 내 눈에는 아무도 보이질 않는다.

잠시 후, 어린 왕자가 다시 말을 시작했다.

"네 독은 잘 듣겠지? 너무 오래 아프게 하지 않을 거지?"

난 그 길에 우뚝 멈춰 섰다. 심장이 찢어지는 것 같았다. 그렇지만 무슨 뜻인지 알 수가 없었다.

"이제 저리 가." 어린 왕자가 말했다. "나 내려갈 거야."

그래서 담벼락 아래쪽을 보고는, 깜짝 놀라 공중으로 펄쩍 뛰어오를 뻔했다. 물리면 삼십 초 만에 숨통이 끊어지는 노란 뱀 한 마리가 어린 왕자를 향해 대가리를 치켜들고 있었던 것이다. 권총을 찾으려 주머니를 뒤지면서 어린 왕자에게로 뛰어갔다. 내가 낸 소리를 들었는지 뱀은 모래밭으로 물 스며들듯 꺼지더니 쉬엇, 쇳소리를 내면서 돌멩이 사이로 사라져버렸다.

담벼락에 다다라 나의 조그만 어린 왕자를 간신히 품에 받아 안을 수 있었다. 얼굴이 눈처럼 새하얗게 질려 있다.

"무슨 얘기야? 왜 뱀하고 말을 하는 거야?"

나는 어린 왕자가 항상 두르고 있는 황금빛 목도리를 느슨하게 풀었다. 그리고 관자놀이에 물을 축이고 물을 한 모금 주었다. 이제는 감히 무어라 물어볼 엄두조차 나지 않는다. 어린 왕자는 심각한 표정

"이제 저리 가. 나 내려갈 거야."

으로 나를 바라보더니 내 목을 두 팔로 감았다. 총에 맞아 죽어가는 한 마리 작은 새와 같은 어린 왕자의 심장박동이 느껴졌다.

"아저씨 물건을 고치게 돼서 나 아주 기뻐." 어린 왕자가 말했다.

"이제 집에 갈 수 있겠네…."

"어떻게 그걸 알았니?"

가망 없을 줄 알았는데 겨우 고쳤다고 말을 해주러 오는 참이었다. 어린 왕자는 대답하는 대신 이렇게 말했다.

"나도 오늘 가."

그러더니 구슬프게 말했다.

"아저씨보다 훨씬 멀고… 훨씬 힘들지만…."

나는 뭔가 심상치 않은 일이 생겼음을 직감했다. 어린아이 안듯 어린 왕자를 꼭 품고 있었지만, 내가 어찌할 수 없는 어두운 구렁텅이로 어린 왕자가 빨려 들어가는 것 같았다….

초점 잃은 눈으로 아득히 먼 곳을 바라보고 있었다.

"나한텐 양이 있어. 양을 넣어둘 상자도 있고, 입마개도 있어…."

그리고 아쉬운 듯 웃었다.

난 한참을 기다렸다. 어린 왕자는 조금씩 되살아났다.

"우리 꼬마 친구, 무서운 거로구나…."

어린 왕자는 무서워했다. 틀림없이 그랬을 것이다. 하지만 조용히 웃음을 지었다.

"오늘 밤엔 더 무서울 거야…."

돌이킬 수 없는 어떤 일이 생길 것 같은 예감에 다시금 온몸이 얼어붙었다. 깔깔대는 웃음소리를 이제 다시는 들을 수 없다는 것을 깨닫고 나는 견딜 수가 없었다. 어린 왕자의 웃음이 나에겐 사막의 우물이었다.

"우리 꼬마 친구, 네 웃음소리를 아직 더 듣고 싶어."

하지만 어린 왕자는 말했다.

"오늘 밤이 꼭 일 년이 되는 날이야. 내 별은 작년에 내가 떨어진 곳 바로 위에 있을 거야…."

"우리 꼬마 친구, 뱀이니, 약속이니, 별이니 하는 얘기는 그저 나쁜 꿈을 꾼 거지?"

어린 왕자는 내 질문에 답하는 대신 이렇게 말했다.

"소중한 건 눈에 보이지 않아…."

"그래, 알아…."

"그건 꽃 같은 거야. 아저씨가 어떤 별에 핀 꽃 한 송이를 사랑한다면, 밤하늘을 바라보기만 해도 행복할 거야. 별에는 다 꽃이 피어 있으니까."

"그래, 알아…."

"그건 물 같은 거야. 아저씨가 길어 올린 물은 도르래하고 밧줄이 연주하는 음악 같았어. 얼마나 좋았다구."

"그래, 알아…."

"아저씬 밤마다 별을 바라보게 될 거야. 내 별은 너무 작아서 어디에 있는지 보여줄 수가 없어. 하지만 그러는 편이 더 좋을 거 같아. 저 수많은 별들 중에 하나가 내 별이라고 생각해봐. 그러면 아저씬 하늘에 떠 있는 별을 바라보는 걸 좋아하게 되겠지…. 그 별들이 전부 아저씨 친구가 되는 거야. 내가… 선물을 하나 줄게."

어린 왕자가 환하게 웃었다.

"아, 꼬마 친구야, 꼬마 친구야! 그 웃음이 나는 너무 좋구나!"

"그게 내 선물이야. 물이랑 똑같은 거야…."

"무슨 말이니?"

"사람들은 저마다 다른 별을 가지고 있어. 여행하는 사람한테 별은 길잡이야. 또 어떤 사람한테는 그저 작은 불빛일 뿐이고. 천문학자한테는 풀어야할 숙제일 테지. 이웃별 사업가 아저씨한테는 별이 금화였어. 그런 별들은 아무런 말도 해주지 않아. 이제 아저씨는 아무한테도 없는 별을 갖게 될 거야."

"무슨 말이니?"

"저 하늘 어떤 별에 내가 살고 있을 거야. 저 하늘 어떤 별에서 내가 웃고 있을 거고. 그러면 아저씨가 밤하늘을 바라볼 때마다 별들이 웃는 걸로 보이겠지. 아저씬 웃는 별을 갖게 되는 거야."

그리고 또 다시, 어린 왕자가 웃었다.

"슬픔이 가시면(시간은 모든 슬픔을 달래주니까) 아저씬 나를 알았다는 걸 기뻐하게 될 거야. 아저씬 언제까지나 내 친구니까, 나랑 같이 웃고 싶어질 거야. 이따금씩 창문을 열고 괜스레 하늘을 바라보겠지…. 밤하늘을 보면서 실실 웃는 걸 친구들이 본다면 놀라는 게 당연해. 그럴 땐 이렇게 말해. '별을 보면 언제나 웃음이 나!' 친구들은 아저씨 보고 미쳤다고 하겠지. 그럼 난 아저씨한테 못된 장난을 친 셈인데…."

그리고 어린 왕자는 다시 웃었다.

"난 별을 준 게 아니라 웃을 줄 아는 작은 방울을 아주 많이 준 게 되는 거야…."

또 웃었다. 하지만 다시 시무룩해졌다.

"있지, 오늘 밤엔 오지 말어."

"널 두고 가지 않을 거야."

"나 아파 보일 거야. 죽어가는 것처럼 보일 거고. 아마 그럴 거야. 그러니까 보러 오지 말어. 그럴 필요 없어….."

"널 두고 가지 않을 거야."

하지만 어린 왕자는 염려스러운 기색이었다.

"뱀 때문에라도 오지 말어. 아저씨를 물면 안 되니까. 뱀은 못됐어. 장난삼아 아저씰 물지도 몰라….."

"널 두고 가지 않을 거야."

그러다 무슨 생각이 났는지 어린 왕자는 안심하는 기색이었다.

"두 번째 물 때는 독이 없대, 사실은."

그날 밤, 어린 왕자가 길을 나서는 모습을 나는 보지 못했다. 소리 없이 몰래 빠져나간 것이다. 겨우 뒤쫓아 따라잡았을 때, 빠른 걸음

을 어디론가 내딛고 있었다. 날 보고는 이렇게 말할 뿐이었다.

"어휴! 왔구나…."

그리고 내 손을 잡았다. 여전히 걱정을 하고 있었다.

"왜 오고 그래. 마음 아플 텐데. 내가 죽은 것처럼 보이더라도, 정말로 죽은 건 아니야…."

난 아무런 말이 없다.

"그게, 내 별은 아주 멀어. 이 몸을 가지고 갈 순 없다구. 너무 무거워서."

난 아무런 말이 없다.

"버려진 낡은 껍데기 같을 거야. 껍데기 때문에 슬퍼하지 말어…."

난 아무런 말이 없다.

어린 왕자는 조금 기운이 빠진 모양이었으나 한 번 더 힘을 냈다.

"신이 날 거야. 나도 별을 바라볼 거거든. 별마다 녹슨 도르래가

88

매달린 우물이 있겠지. 별들이 나한테 시원한 물을 따라 주겠지…."

난 아무런 말이 없다.

"참 재밌겠다. 아저씨한테는 작은 방울이 오억 개나 생기는 거고, 나한테는 우물이 오억 개나 생기는 거잖아…."

이제는 어린 왕자도 말이 없다. 울고 있으니까….

"다 왔어. 한 걸음은 혼자 가야 돼."

그러나 어린 왕자는 주저앉고 말았다. 무서웠던 것이다.

그리고 말했다.

"있잖아, 내 꽃은 말이야, 내가 책임져야 해! 내 꽃은 너무 연약해! 너무 순진해! 고작 가시 네 개로 세상에 맞서 자기를 지켜야 해."

더 이상 서 있을 수가 없어서 나도 따라 주저앉아버리고 말았다.

"이제 갈 게…."

조금 망설이더니 어린 왕자가 자리에서 일어났다. 그리고 한 발짝 내딛었다. 그러나 나는 꼼짝도 할 수가 없었다.

아무 일도 일어나지 않았다. 발목 언저리에서 노란 빛이 한 번 반짝, 했을 뿐이다. 어린 왕자는 그 자리에 꼼짝 않고 서 있었다. 소리를 지르지 않았다. 나무가 넘어가듯 서서히 어린 왕자가 쓰러졌다. 모래 때문에 아무런 소리도 나지 않았다.

27

그 후로 벌써 여섯 해가 지났다…. 난 아무에게도 이 이야기를 해주지 않았다. 살아 돌아온 날 보고 동료들은 기뻐했다. 나는 우울했지만 동료들에게는 이렇게 둘러댔다. "피곤해서 그래…."

나무가 넘어가듯 서서히 어린 왕자가 쓰러졌다.

지금은 슬픔이 조금 가셨다. 다시 말해, 완전히 가신 건 아니다. 하지만 나는 알 수 있다. 어린 왕자는 자기 행성으로 무사히 돌아갔다. 날이 밝았을 때 어린 왕자의 몸을 찾을 수 없었기 때문이다. 그렇게까지 무거운 몸은 아니었던 것이다. 그날 이후, 밤마다 나는 별을 듣는다. 마치 작은 방울 오억 개가 한꺼번에 울리는 듯하다….

그러나 큰일 난 게 하나 있다. 어린 왕자에게 그려준 입마개에 가죽끈을 다는 걸 깜빡했다. 그래서는 양한테 입마개를 씌우지 못한다. 그래서 나는 여전히 궁금하다. '어린 왕자가 사는 행성에 무슨 일이 일어났을까… 양이 꽃을 먹어버렸을까?'

어떨 때는 이렇게 생각해본다. '당연히 아니지! 꽃한테 매일 밤 유리덮개를 씌워주고 양도 잘 감시할 테니까.' 그러면 행복해진다. 별들의 웃음소리가 달콤하다.

어떨 때는 이런 생각도 든다. '하지만 한두 번 잊어버릴 수도 있어. 아, 안 돼! 어느 날 밤 유리덮개를 깜빡 했는데 소리 없이 양이 빠져나가서는….' 그러면 작은 방울들은 눈물이 된다….

그렇다면 이것 참 신비로운 일이다. 어린 왕자를 사랑하는 당신에게는, 또 나에게는, 어딘지도 모르는 어딘가에서, 한 번도 본 적 없는 양 한 마리가, 한 번도 본 적 없는 꽃 한 송이를, 먹었느냐 안 먹었느냐에 따라 온 우주가 완전히 달라지는 셈이다.

그대 오늘 밤 창을 열고 별바다를 바라보라. 그리고 대답해보라. 양이 꽃을 먹었을까? 먹지 않았을까? 그러면 당신은 모든 것을 변화시키는 방법을 깨닫게 될 것이다….

하지만 어른들은 이것이 중요한 문제라는 걸 이해하지 못한다.

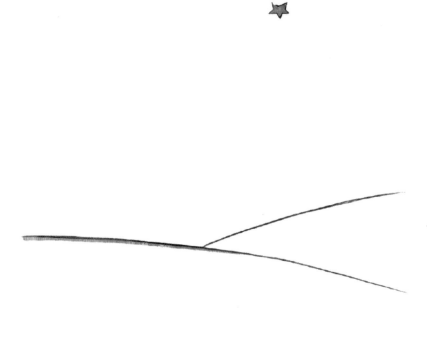

나에게 이것은 세상에서 가장 아름답고도 가장 슬픈 풍경이다. 앞 페이지와 똑같은 그림이지만 당신 뇌리에 새겨주기 위해 한 번 더 그렸다. 어린 왕자가 지구에 나타났다가 사라졌던 곳이 바로 여기다.

　　언젠가 당신이 아프리카 사막을 여행하는 날 확실히 알아볼 수 있게 그림을 찬찬히 봐두도록. 그리고 우연히 저기를 지나게 된다면 부디 발길을 재촉하지 말고 저 별 아래 잠시 앉아 기다려보라. 그때 잘 웃고, 머리카락이 황금색이고, 물어도 통 대답이 없는 어떤 사내아이가 나타난다면, 그 아이가 누군지 당신은 대번에 알 수 있을 것이다. 만약 그런 일이 있다면 슬퍼하고 있을 날 위해 어린 왕자가 돌아왔노라 편지 한 통 보내주길 바란다.

This book is set in Linotype Granjon. Composition and binding by the Cornwall Press, Cornwall, New York. Printed by offset lithograohy at the Jersey City Printing Company, Jersey City, New Jersey, on Montgomery offset paper, manufactured by W. C. Hamilton & Sons, Miquon, Pennsylvania. Typographical arrangement by Wendel Roos.

CLASSICO

Part of Cow & Bridge Publishing Co.
Web site : www.cafe.naver.com/sowadari
3ga-302, 6-21, 40th St., Guwolro, Namgu, Incheon, #402-848 South Korea
Telephone 0505-719-7787 Facsimile 0505-719-7788 Email sowadari@naver.com

Published by Cow & Bridge Publishing Co.
First original edition published by Reynal & Hitchcock Inc. New York
This recovering edition published by Cow & Bridge Publishing Co. Korea
2019 © Cow & Bridge Publishing Co. all rights reserved.

초판본 어린 왕자 1943년 오리지널 빈티지 디자인

지은이 앙투안 드 생텍쥐페리

1판 2쇄 2019년 5월 25일 | **발행인** 김동근 | **발행처** 도서출판 소와다리

주소 인천시 남구 구월로 40번길 6-21 제302호

대표전화 0505-719-7787 | **팩스** 0505-719-7788 | **출판등록** 제2011-000015호

이메일 sowadari@naver.com

ISBN 978-89-98046-77-4 (14860)